BASTEI
LÜBBE

Aus der Taschenbuchserie JOHN SINCLAIR von Jason Dark sind nachstehende Romane erhältlich. Fragen Sie im Buch- oder Zeitschriftenhandel nach diesen Titeln:

GEISTERJÄGER

JOHN SINCLAIR

Jason Dark

Köpfe für Carlita

Horror-Roman

BASTEI
LÜBBE

BASTEI-LÜBBE-TASCHENBUCH
Band 73 193

Erste Auflage:
Mai 1997

Lektorat: Hans-Ulrich Steffan
Titelbild: Luis Royo/
Norma Agency, Barcelona
Umschlaggestaltung:
Quadro Grafik, Bensberg
Satz: Digital-Offset-Druck
W. Steckstor, Bensberg
Druck und Verarbeitung:
Clausen & Bosse, Leck
Printed in Germany

ISBN 3-404-73193-X

Kerzen verteilten ihr Licht in dem großen, schon saalartigen Raum und huschten auch über den viereckigen Tisch hinweg, auf dem nur ein Gegenstand lag, ein altes Schwert!

Der Schein fand sich auf der Klinge wieder, auf einigen dann hell aufblitzenden Flecken, während der Rest dunkel blieb, als sei das das Omen einer furchtbaren Tat.

Niemand bewegte das Schwert, es lag so ruhig und bewegungslos da, aber die Person, der es gehörte, wußte genau, weshalb sie es auf den Tisch gelegt hatte.

Noch hatte sie Zeit. Noch war es nicht soweit. Sie konnte sich für den Abend vorbereiten und tat dies sehr gründlich. Da sie allein in dem großen Herrenhaus an der Costa Dorada lebte, standen ihr zahlreiche Räume zur Verfügung, von denen sie jedoch nur die wenigsten benutzte. Wichtig für sie war das geräumige Bad, dessen Wände mit wahren Meisterwerken aus Mosaiken verschönert worden waren.

Ein Motiv zeigte eine Frau, die die Arme erhoben hatte und den Körper streckte. Den Kopf hielt sie so gedreht, daß die angedeuteten Augen Blickkontakt zu einer Frau auf der gegenüberliegenden Wand hatten, die der ersten beinahe aufs Haar glich, die sich aber nicht so entspannt zeigte, denn sie umklammerte mit der rechten Hand den Griff eines Schwerts und mit der linken den Haarschopf eines Kopfes, der vom Körper abgetrennt worden war.

Ein unheimliches Bild. Schaurig und abstoßend, das Gegenteil des ersten. Dazwischen stand die große Badewanne, deren grüngefärbtes Wasser durch den Abfluß gurgelte.

Wer sich in der Wanne aufhielt, konnte beide Motivwände betrachten, die zwei Gegenpole: einmal die Schönheit dieser Welt, zum anderen die häßliche Fratze des Todes.

Das hatte die Frau auch ausgiebig getan. Sie hatte das Bad genossen, wie sie es immer tat, bevor sie Besuch von einem Mann kriegte. Dieses Bad war ihr Reich und Refugium zugleich. Keiner fremden Person erlaubte sie es, den Raum zu betreten, auch ihren Liebhabern nicht.

Carlita Moreno hatte sich nach dem Verlassen der Wanne abgetrocknet, den Körper anschließend mit einem besonderen Öl eingerieben und dabei keine Stelle ausgelassen. Danach war sie in den hellen Bademantel geschlüpft, hatte ihn nur lose geschlossen und stand nun vor dem breiten, beleuchteten Spiegel.

Zwar zeichnete sich im großen Spiegel ihr Oberkörper bis zur Hüfte hin ab, aber Carlita hatte nur Augen für ihr Gesicht, denn das war am wichtigsten. Sie war ein Narziß, sie liebte ihren Körper, aber ihr Gesicht mochte sie am liebsten, und sie geriet beinahe in Panik, wenn sie eine Unregelmäßigkeit darin entdeckte. Es war die schreckliche Angst vor dem Älterwerden, die sich in ihr festgefressen hatte. Kein Mensch wurde jünger oder blieb gleich jung, das wußte auch Carlita Moreno, aber sie wollte es nicht akzeptieren, denn schließlich war sie etwas Besonderes und hob sich so von den anderen Frauen sehr deutlich ab.

Carlita neigte ihren Oberkörper so weit vor, bis sie mit den Oberschenkeln gegen den Rand des breiten Waschbeckens stieß, das unter dem Spiegel seinen Platz gefunden hatte. Sie kontrollierte ihr Gesicht genau und suchte die sonnenbraune Haut nach Pickeln und Falten ab, aber sie fand keine.

Deshalb lächelte sie auch. Sie schwang sich mit einer leichten Bewegung zurück und betrachtete sich jetzt aus einer gewissen Distanz. Das Gesicht gehörte einer achtunddreißigjährigen Frau, aber sie sah um mehr als zehn Jahre jünger aus. Sie war Spanierin, aber irgendwo in der

Ahnenreihe war eine dunkelhäutige Person aufgetaucht. Möglicherweise stammten daher die etwas zu dicken Lippen, die sie aber nicht störten und noch weniger die Männer, denn oft genug hatten sie sich an ihren Lippen festgesaugt wie liebeskranke Ertrinkende.

Die kleine Nase und die herrlichen dunklen Pupillen erinnerten an vollreife Kirschen.

Die schmale und nicht zu lange Nase verbreiterte sich an ihrem Ende, so daß die Nasenflügel etwas abstanden und vibrierten, wenn Carlita es wollte.

Ihre Stirn war ebenfalls glatt, und das Haar, noch leicht naß vom Waschen, zeigte nicht einen grauen Faden. Es war schwarz wie die Nacht. Dazu lockig von Natur aus, und es umrahmte ihren Kopf und verlieh ihr ein mädchenhaftes Aussehen.

Sie lächelte wieder. Eine ebenmäßige, perlweiße Zahnreihe schimmerte auf. Dann drückte sie den Kopf nach unten, beobachtete dabei ihren Hals, wo sich durch die Haltung zwangsläufig Falten bildeten, die allerdings sofort wieder verschwanden, als sie den Kopf senkte.

Es war alles an ihr normal. Nein, verbesserte sie sich in Gedanken, das war nicht normal, es war besser, und es würde immer so bleiben, das wußte sie.

Der weiße Bademantel, mit dem Signet einer deutschen Mode-Designerin, war ein flauschiger Traum in Weiß. Locker zusammengeschlungen bedeckten die beiden Hälften beinahe ihren gesamten Körper.

Carlita löste den Knoten mit einer lässigen Bewegung, die wie einstudiert wirkte und es auch war.

Sie betrachtete ihren nackten Körper, die Hüften, die Brüste, die Schultern, und sie war zufrieden, denn sie sah keine knochige Person, sondern eine junge Frau mit den Kurven genau an den richtigen Stellen. Sie lächelte, als sie daran dachte, daß ihre dunklen Brustwarzen die Männer verrückt machten, weil sie stets vorstanden, was unter einer dünnen Bluse oder einem Hauch von Pullover einen besonders erotischen Reiz ausmachte.

Etwa eine Minute lang schaute Carlita ihr Ebenbild an. Dann nickte sie und schloß den Bademantel wieder.

Sie ging zum Fenster und öffnete es. Der Blick fiel auf das Meer und auf die Küste, wo die langen Wellen gegen die Felsen anrannten, gebremst wurden, aber in ihrer Wildheit nicht nachließen und immer wieder neue Versuche unternahmen, die Felsen zu zerstören.

Carlita liebte dieses Schauspiel. Da war sie wie ein Raubtier, und ab und zu verglich sie sich mit diesen Wellen, weil auch sie nicht zu zähmen war, obwohl es schon viele Männer versucht hatten und es auch immer wieder versuchten, wie derjenige, den sie am heutigen Abend erwartete.

Sie lächelte, als sie an Juan Perez dachte. Es war jedoch kein freudiges oder erwartungsvolles Lächeln einer verliebten Frau. Dieses Lächeln war hintergründig, wissend und lauernd. Aber auch düster wie die Felsen tief unter dem Haus.

Sie wohnte einsam. Natürlich gab es Nachbarn, aber auch deren Häuser standen weit auseinander, so daß jeder das Gefühl haben konnte, in der Felsenlandschaft für sich allein zu sein. Zudem sorgten Gewächse und künstlich angelegte Hecken für den nötigen Sichtschutz. Man war in dieser Gegend ungestört, auch vor Touristen, die diesen Küstenstreifen mieden, denn er lud nicht gerade zum Baden ein.

Carlita schloß das Fenster. Das Brausen des Wassers verstummte. Der Wind war auch nicht mehr zu spüren, und sie nahm nur noch den Geruch des Badegels wahr.

Juan war pünktlich. Er hatte sich noch nie verspätet. Zumindest nicht bei den beiden zurückliegenden Treffen.

Heute würde es das dritte Date werden, und Carlita hatte ihm den Himmel auf Erden versprochen. Sie lachte girrend, als sie daran dachte. Juan glaubte noch an diesen Himmel, den er eher im Körper der Frau sah, aber er sollte sich geirrt haben. Er war nicht der erste, und er würde auch nicht der letzte sein.

Sie hatte noch viel Platz …

Mit beschwingten Schritten verließ Carlita ihr Bad. Der Hausperle hatte sie freigegeben. Sie würde erst am nächsten Morgen zurückkehren und ihre Arbeit machen.

Dazwischen lag noch die lange Nacht, die Carlita für sich nutzen wollte.

Sie ging durch den breiten Flur und erreichte die offenstehende Wohnzimmertür.

Der Eingang war sehr breit, und die Tür zeigte einen Kupferbeschlag. Auf der Schwelle blieb die Frau stehen. Wie so oft genoß sie den Blick in diesen großen Raum hinein, in dem nur die Kerzen brannten und ihn durch ihr Licht zu einer Liebeshöhle machten.

Die Sitzgelegenheiten auf dem braunbeigen Steinboden standen auf bunten Teppichen. Es waren schwere Möbel, aber mit hellen Stoffen bezogen, damit sie nicht zu wuchtig wirkten. Gold und Rot wechselten sich ab, und alles paßte harmonisch zusammen.

Diese doch modernen Farben störten auch die alten Möbel nicht, die schon einige Jahrhunderte auf dem Buckel hatten.

In das große Wohnzimmer paßten sie prima, wie auch der viereckige Tisch, den die Frau ansteuerte. Dabei schaute sie über die Glasplatte hinweg durch das breite Fenster. Und wieder fiel der Blick zuerst in ihren Garten, in dem sich die Natur mit verschwenderischer Fülle ausbreiten konnte bis zum Meer hinaus, wo der Schein der sinkenden Sonne bereits die ersten Streifen auf dem Wasser hinterlassen hatte. Bald würde sie untergehen und das Meer in einen Blutsee verwandeln.

Der Vergleich gefiel ihr.

Blut war wichtig.

Sie mochte es. Sie liebte diese Farbe, sie liebte den Geschmack und auch den Geruch. An ihr hätte sich mancher Vampir ein Beispiel nehmen können.

Carlita lachte, als ihr dieser Gedanke kam. Dann steuerte sie mit beschwingten Schritten den Tisch an, blieb dicht vor ihm stehen und berührte den Rand der Platte.

Sie neigte den Kopf und auch den Oberkörper etwas vor. Ihre Augen bekamen beinahe den gleichen Glanz, den auch die Klinge des auf dem Tisch liegenden Schwerts abgab, obwohl auf ihr noch der Widerschein und das Licht der Kerzen tanzte.

Es war ihr Schwert. Sie liebte es über alles. Sie kam sich vor, als sei sie nicht mit der Flasche großgezogen worden, sondern mit dem Schwert. Ein verzücktes Lächeln umspielte ihre Lippen, als sie die schwere Waffe anhob. Die schien überhaupt kein Gewicht zu haben. Carlita drehte sich, hob die Arme an, behielt den Griff nach wie vor umklammert und schaute an der scharfen Schneide entlang, deren Spitze zu Boden wies.

»Du bist mein Freund«, flüsterte sie. »Mein einziger Freund.« Sie hob die Waffe an, um sie zu küssen. Das kalte Metall tat ihren warmen Lippen gut, und so wiederholte Carlita den Kuß noch einmal.

Auf dem Weg zum Schrank behielt sie die Waffe in der Hand. Die Wände waren mit hellem Rauhputz bedeckt, und vor einer dieser Wände stand ein Schrank aus schwerer Eiche. In dem alten, dunklen Schloß steckte ein großer Schlüssel, den die Frau einmal herumdrehte und dabei dem Knarren lauschte, das einfach dazugehörte. Mit der freien Hand zog sie die schwere und breite

Schranktür auf. Das Möbelstück war so groß, daß sie in den Schrank hineinsteigen konnte, was sie auch tat.

Carlita stemmte die Schwertspitze gegen das Holz. Mit der linken Hand hielt sie die Waffe fest. Die rechte bewegte sich auf einen kleinen Schalter zu. Sie drückte auf den Stift, und unter der Schrankdecke flammte eine Lampe auf.

Carlita schob noch einige Kleidungsstücke nach links, bevor sie sich um die Rückwand des Möbelstücks kümmerte. Mit dem rechten Fuß, der, ebenso wie der linke, in einem flauschigen Badeschuh steckte, drückte sie gegen einen winzigen Kontakt, den nur sie kannte.

Eine schmale Tür öffnete sich. Ihr unteres Ende schabte dabei über den Boden, aber das störte die Frau nicht.

Auch nicht die kalte und feuchte Luft, die ihr entgegenwehte. Carlita duckte sich mit dem Schwert durch die Tür, sah eine Steintreppe vor sich, die sie aber jetzt nicht interessierte. Auf der engen Fläche drehte sich Carlita nach rechts, hob das Schwert an und steckte es in die Metallhalterung.

Es war nicht die einzige Waffe, die dort ihren Platz gefunden hatte. Daneben stand noch ein mächtiges Beil mit einem sehr langen Griff. Es war wirklich ein Beil der besonderen Art, eine furchtbare Waffe. Die breite Klinge abgerundet wie ein Pendel und an zwei verschiedenen Stellen durch Eisenringe mit dem Griff verbunden.

Carlita Moreno leckte ihre Lippen blank, als sie beide Waffen betrachtete. Sie konnte sich nicht entscheiden, welche sie nehmen sollte. Die eine war so gut wie die andere, und beide warteten darauf, aktiv werden zu können.

Schließlich nahm sie das Beil.

Damit verließ sie den Schrank. Sie schloß ihn ab, aber sie ließ die hintere Tür offen.

Das Beil hielt sie mit beiden Händen fest, als sie das Wohnzimmer durchquerte. Im Licht der Kerzen wirkte ihre Gestalt mehr wie ein Schatten, der sich durch den Raum bewegte, und auch das mörderische Beil sah noch größer aus, als es dies in Wirklichkeit war.

Dem Schrank gegenüber war der Kamin aus Natursteinen gebaut worden. Auch er warf einen Schatten. Carlita entschloß sich für die linke Ecke, wo die Mauer des Kamins mit der Wand zusammentraf.

Genau da stellte sie das Beil ab.

Sie pfiff durch die Zähne. Mit einem guten Gefühl betrachtete sie ihr Werk. Aber es wurde auch Zeit für sie, sich umzuziehen, denn Juan war pünktlich ...

Juan Perez fuhr einen dieser alten englischen Spitfire in knallroter Farbe. Es bereitete ihm stets ein besonderes Vergnügen, mit diesem Wagen unterwegs zu sein, vor allen Dingen dann, wenn er über irgendwelche Serpentinen fahren und die guten Kurveneigenschaften des Oldtimers dabei ausnutzen konnte.

Und natürlich fuhr er damit gern zu den Frauen.

Sie waren in seinem Leben schon immer das Wichtigste gewesen. Vor drei Monaten war er fünfzig geworden, und an diesem Tag hatte er sich vorgenommen, noch mehr auf den Putz zu hauen. Es wuchsen immer wieder zu viele schöne Frauen nach, als daß man an ihnen vorbeigehen konnte. Dafür war das Leben einfach zu kurz. Und wenn man, wie er, Geld hatte, war das tolle Leben kein Problem.

Die Firma, eine Fischfabrik für Fast food am Stadtrand von Barcelona, wurde von seinem Bruder betreut, der nicht nur acht Jahre jünger war als er, sondern auch noch gern arbeitete und sogar drei Kinder großzog.

Nein, das war kein Leben für Juan. Da hielt er es schon eher mit dem guten alten Don Juan, dem großen Frauenhelden. Nur wollte er nicht in den Bleikammern von Venedig enden wie der berühmte Namensvetter. Die gab es nur noch als schaurige Touristenattraktion. Da starb niemand mehr, und auch Juan brauchte sich keine Sorgen zu machen.

Sorgen gab es für ihn sowieso nicht. Sogar den Haarausfall hatte er gut überwunden und sich von einem Spezialisten ein Toupet anfertigen lassen. Das machte ihn um zehn Jahre jünger. Jetzt sollten wieder Action, Spaß und die Frauen leben.

Frauen.

Er lachte gegen den Fahrtwind, denn er stellte sich vor, wie Carlita Morena in den folgenden Stunden schwach werden würde. Sie war wirklich ein Superweib, bei ihr hatte es sich tatsächlich gelohnt, bis zum dritten Treffen zu warten. Ansonsten war er nicht so nachgiebig, da wollte er seinen Spaß sofort haben.

Noch drei Kurven, und Perez war am Ziel. Er hatte sich den Weg von Carlita zuvor genau beschreiben lassen und die Kurven auch genau mitgezählt. Die Straße war in die Uferfelsen hineingebaut worden. Zumeist hatten die dort lebenden Bewohner mitbezahlt und die zu ihren Häusern führenden Stichstraßen sowieso als reines Privatvergnügen anlegen lassen.

Carlita Morenas Haus lag am höchsten. Der beste Platz, der die ebenfalls beste Sicht bot. Perez hatte es sich erklären lassen und war begeistert gewesen. Er fragte sich auch, woher diese Frau das Geld nahm, um ein derartiges Haus zu bauen. Sie mußte schon ziemlich vermögend sein, und das war gar nicht schlecht. Nicht, daß er auf das Geld der Frauen scharf gewesen wäre, nein, davon besaß er selbst genug, aber er liebte auch die

Frauen, die finanziell unabhängig waren, ansonsten glich sein Gehabe mehr dem eines Machos.

In den oberen Felsregionen wurden Straße und Kurven schmaler. Am Gestein wuchsen Büsche und blühende Blumenrabatten. Jetzt, wo sich die Sonne allmählich verabschiedete, warfen die Felsen bereits Schatten. Sie lagen wie blaugraue Fahnen auf der Straße und wurden vom Licht der Scheinwerfer zerrissen.

Hin und wieder schimmerte an der linken Seite das Metall der Leitplanken. Hier mußte man schon auf Nummer Sicher gehen, denn nicht alle Fahrer fuhren vorsichtig.

Rechts lagen die Häuser.

Verteilt, mit großen Grundstücken. Wege oder Treppen führten zu ihnen hoch. Hecken schirmten sie vor den Nachbarn ab. Oft waren von der Straße aus nur die Dächer zu sehen oder Teile der hellen Mauern. Mal glitzerte auch das Wasser eines Pools.

Perez lächelte. Er pfiff vor sich hin. Aus dem Radio strömten die sanften Lieder eines Julio Iglesias. Genau die richtige Musik für ein Schäferstündchen, und so manche Melodien summte der Mann mit.

Er freute sich. Die Frau war eine Wucht. Sie würde ihm eine unvergeßliche Nacht bereiten. Er überlegte jetzt schon, in welchem Outfit sie ihn wohl empfing.

Egal, was Carlita trug. Sie gehörte zu den Frauen, die immer gut aussahen.

Noch eine Kurve. Er mußte vom Gas. Der Weg führte nach rechts und war ziemlich eng. Dabei jaulten die Reifen über den glatten Asphalt, aber der rote Spitfire brach mit dem Heck nicht aus.

Dann sah er die Lichter. Weich wehten sie in die Dunkelheit hinein. Sie drangen durch die breiten Scheiben des Hauses wie eine helle Flut und verteilten sich im Garten oder flossen über die Felsen hinweg. Der Geruch von Jasmin umwehte seine Nase. Perez sah im Licht der Scheinwerfer ein breites Tor, vor dem der Weg endete. Auch er mußte stoppen und bekam Zeit, einen ersten Blick in den Garten zu werfen, der terrassenförmig angelegt war. Ein Weg durchschnitt die von einem Gärtner gestaltete Landschaft.

Perez hatte den Motor nicht abgestellt. Er wartete darauf, daß sich das Tor öffnete. Sicherlich war seine Ankunft schon beobachtet worden, und doch dauerte es seine Zeit, bis sich das Tor in der Führung unten zur Seite schob.

Er hatte freie Bahn.

Mit einem satten Lächeln auf den Lippen startete Juan Perez. Als er das Tor passiert hatte, mußte er daran denken, daß es für ihn so etwas wie die Pforte ins Himmelreich gewesen war. Dem Ziel seiner Wünsche war er zum Greifen nahe. Er brauchte nur mehr einen Halbbogen zu fahren. Begleitet von einer mit Pflanzen und wilden Blumen bewachsenen Stützmauer näherte er sich dem Parkplatz des Anwesens, wo das breite Tor auf eine Doppelgarage hindeutete. Kein Wagen stand davor, so hatte er genügend Platz, seinen roten Flitzer dort abzustellen. Er löschte die Scheinwerfer, stellte den Motor ab und genoß zunächst die Stille und den Duft der Blumen, die für ihn einem Aphrodisiakum gleichkamen, denn seine Erregung nahm zu.

Der Abend war lau, einfach wunderbar, und Perez lächelte unentwegt. Er stieg aus und vergaß nicht den großen Blumenstrauß, den er während der Fahrt auf dem Beifahrersitz transportiert hatte. Mit der freien Hand strich er über sein dunkles Haar. Ja, das Toupet saß gut, dennoch blieb immer eine leichte Unsicherheit bei ihm zurück.

Um das Haus zu erreichen, brauchte er keine Treppen zu gehen. Der Weg führte direkt hin. Dabei stieg er leicht an. Zu beiden Seiten sah er schmale Rinnen, durch die das Regenwasser ablaufen konnte.

Das Haus selbst stand auf der Kuppe des Felsens und war sehr schlicht gebaut. Ein großer Bungalow mit Pool davor, dessen Wasser schon die Farbe des dunkelrot werdenden Himmels angenommen hatte.

Die Tür war noch geschlossen. Perez zupfte sein weißes Jackett zurecht, das er zur schwarzen Hose trug. Er hatte sich auch für ein Hemd in dunkler Farbe entschieden und es am Hals nicht geschlossen. Die Eingangstür war breit und mit Kupfer beschlagen. Fenster rahmten sie ein. Durch das dunkle Glas konnte er nicht schauen; Gitterstäbe schützten es vor Einbrechern.

Die Tür öffnete sich, ohne daß Perez hätte klingeln müssen. Sie schwang langsam nach innen, und schon bei der ersten Bewegung war der Mann stehengeblieben. Er hob den dicken Blumenstrauß an. Seine Augen leuchteten, als er in das Haus hineinschaute und schon jetzt einen Eindruck von der Größe der Diele bekam, die von einem weichen und schmeichelnden Licht erhellt wurde. Die Möbelstücke konnte er sich nicht mehr anschauen, denn *sie* kam.

Perez atmete tief durch. Sein Hals war trocken, und sein Herz schlug plötzlich schneller. Er ärgerte sich darüber, daß ihm so etwas noch mit seinen fünfzig Jahren passierte, aber Carlita war einfach eine Wucht und übertraf all seine Erwartungen.

Sie trug das kleine Schwarze!

Viele Frauen kleideten sich damit ein, aber es gab doch immer wieder Unterschiede, denn wie sie es trug, das war schon super, einfach phänomenal. Die Augen des Mannes leuchteten. Er trat näher, hörte das Lachen zur

Begrüßung, setzte seinen Fuß über die Schwelle und reichte Carlita die Blumen.

Sie umarmte den Strauß förmlich. »Meine Güte, sind die schön! Danke, Juan, sie sind das Schönste hier im Haus.«

»Nein«, sülzte er, »die Schönste bist du. Das mußt du mir glauben.«

Carlita lachte. »Du bist ein Schmeichler.«

»Aber nur, weil du es wert bist.«

»Komm rein, bitte. Ich stelle die Blumen nur oben in eine Vase, dann bin ich wieder zurück.«

»Okay, aber bleib nicht zu lange.«

Carlita warf ihm beim Gehen einen Blick über die Schulter zu. »Keine Sorge, Juan, wir werden noch viel voneinander haben.«

Das hoffe ich auch, dachte er und schaute Carlita nach. Er sah das Kleid, dessen Stoff sich eng um den Körper der Frau schmiegte, und er fragte sich, ob sie darunter überhaupt etwas trug. Zumindest keinen BH, und das kleine Schwarze wurde auch nur von zwei sehr dünnen Trägern gehalten. Wenn sie einen Slip übergestreift hatte, dann war es nur ein Hauch von Stoff, ein Supertanga.

Er schaute sich um.

Der Boden bestand aus Stein. Das geräumige Entree war nicht überladen. Kleine Möbel standen geschickt verteilt, und sie alle stammten aus den zurückliegenden Jahrhunderten. Harmonierten gut mit den schmalen Teppichen und auch den Gemälden an den Wänden, die ebenfalls nicht protzig wirkten.

Das Haus gefiel ihm. Er fragte sich, wer dies alles ausgesucht hatte. Wenn es Carlita Moreno gewesen war, dann mußte man ihr einen erlesenen Geschmack zugestehen.

Sie kehrte zurück. »So, die Blumen stehen in der Vase.

Ich habe sie in mein Schlafzimmer gestellt, denn ich schlafe gern mit Blumen, obwohl viele dagegen sind.«

»Gibt es einen besseren Platz?« Juan breitete die Arme aus, und Carlita wußte genau, was sie zu tun hatte. Sie kam auf ihn zu, schmiegte sich an ihn, küßte ihn leicht auf die Lippen und bewegte dabei ihren Körper, damit Juan die Brustwarzen unter dem dünnen Stoff auf seiner Brust spüren konnte.

Er war schon jetzt verrückt nach ihr und wollte sie nicht mehr loslassen. Bevor er jedoch einen Angriff starten konnte, lachte Carlita hell auf und rutschte aus seinem Griff hervor. »Später«, sagte sie. »Du weißt doch, die Vorfreude ist immer die schönste Freude.«

»Das mag sein«, gab Juan zu. »Aber ich habe schon zu lange von der Vorfreude leben müssen.«

»Dann wird es dir später um so besser gefallen.«

Juan hielt ihre Hände noch fest. »Das glaube ich sogar. Wir sehen uns jetzt zum drittenmal, und aller guten Dinge sind drei.«

»Wie recht du hast – komm.« Carlita übernahm die Initiative, faßte ihn an der Hand, um ihn dorthin zu ziehen, wo sie alles vorbereitet hatte. Für Perez war es neu. Er konnte nur immer schauen. Er sah die Durchgänge zu den anderen Räumen und Zimmern. Es war alles so offen und frei, als hätte man nichts zu verbergen, und er wunderte sich wieder darüber, daß eine Frau dieses Haus allein bewohnte.

»Ich hatte mir gedacht, daß wir uns in den Wohnraum begeben. Dort haben wir den besten Ausblick.«

»Wie du willst.« Juan wußte, wo dieses Zimmer lag, denn er hörte bereits die Musik, die ihm entgegenwehte. Sanfte Melodien, zum Träumen und zum Tanzen.

Die Gastgeberin hatte auch für die entsprechende Beleuchtung gesorgt. Steh- und Wandlampen gaben ihr

Licht ab, waren aber so weit heruntergedimmt worden, daß ihr Licht weder störte noch blendete, sondern als weicher Fluß den großen Raum erfüllte und auch den Blick auf das breite Fenster freiließ.

Auch auf der großen Terrasse mit dem Pool brannten Lampen. Sie streuten ihre Helligkeit über die Wasserfläche und ließen den Hintergrund im Dunkel, wo sich die Büsche als malerische Formationen unterschiedlicher Höhen abhoben und der Blick über sie hinweggleiten konnte – auf das Meer hinaus, das unter dem mächtigen Himmel aus verschiedenen Grautönen lag.

Selbst Juan Perez war beeindruckt. Er vergaß sogar für einen Moment seine Gastgeberin. »Toll«, lobte er. »Es ist wirklich ein toller Ausblick.«

»Das stimmt.«

»Du hast schon gewußt, wo du dein Haus hinsetzt. Es muß ein Vermögen gekostet haben.«

»Es geht«, erwiderte die Frau bescheiden. »Aber darüber wollen wir nicht reden. Ist es dir recht, wenn wir etwas Champagner trinken?«

»Da fragst du noch?«

»Dann bitte.«

Mit diesen Worten hatte sie die Dekoration auf dem Glastisch angesprochen, wo eine mit Eis gefüllte Schale ihren Platz gefunden hatte. Im Eis steckten zwei Flaschen Dom Perignon, und ihre Hälse schauten über den Rand der Schale hinweg. Die Gläser standen auf einem Silbertablett. Knabbergebäck lag in Schalen aus ebenfalls dickem Silber. Kerzenschein fiel über den Tisch hinweg und zauberte Reflexe auf das Glas.

Juan Perez wußte, was er zu tun hatte. Er hatte die Arbeit nicht erfunden, aber das Öffnen von Champagnerflaschen bereitete ihm keine Schwierigkeiten, und ein weißes Tuch lag ebenfalls über der Schale.

Carlita schaute ihm zu. Sie sah sich den Gast genau an, ohne daß dieser es bemerkte. Er wirkte verlebt, ein alternder Playboy mit weich und faltig gewordenen Gesichtszügen. Ihm konnte keine Kosmetik der Welt die Jugend zurückgeben, aber er hielt sich noch immer für den Allergrößten überhaupt. Von der Figur her war er auch kein Adonis. Trotz zahlreicher Besuche in den verschiedenen Fitneß-Studios hatte er doch Bauch angesetzt.

Der Korken knallte aus der Öffnung, aber es schäumte nichts über, denn Juan hielt die Flasche schräg. Er drehte den Kopf, um Carlita anzuschauen, deren Gesicht augenblicklich einen anderen Ausdruck annahm, denn Sekunden zuvor hatte sie diesen Mann noch als Opfer betrachtet. Jetzt spielte sie ihm wieder die Verliebte vor.

Sie klatschte sogar in die Hände, als Juan das prickelnde Gesöff in die schlanken Gläser kippte. »Wunderbar, wirklich toll«

»Ja, ich bin in Übung.«

»Man hat es sehen können.« Carlita ging auf den Tisch zu, hatte bereits eine Hand vorgestreckt, um das gefüllte Glas entgegennehmen zu können, das ihr Juan reichte. Er hatte sein Glas noch nicht genommen, sondern stellte zuerst die Flasche wieder in das Eis.

Genau darauf hatte Carlita gewartet. Ihr Gast war abgelenkt und sah nicht, wie sie blitzschnell eine winzige Tablette in sein Glas fallen ließ. Sie vermischte sich mit den nach oben steigenden Bläschen des Getränks und löste sich auf, bevor sie noch den Boden des Glases erreicht hatte.

Perez drehte sich um, hob das Glas an und fragte: »Worauf trinken wir, Schönste aller Schönen?«

Carlita hob die Schultern. »Laß dir etwas einfallen«, sagte sie mit leicht rauh klingender Stimme.

»Gut. Auf uns.«

»Richtig.«

»Auf die nächsten Stunden.«

»Einverstanden.«

»Auf die Liebe.«

Sie nickte heftig. »Damit bin ich ebenfalls einverstanden. Auf die Liebe also.«

Beide stießen an. Hell klangen die dünnen Gläser gegeneinander. Das Getränk war wunderbar kalt. Es rann prickelnd die Kehlen hinab, und Juan war so aufgewühlt, daß er sein Glas mit zwei Schlucken leerte, sich danach entschuldigte und davon sprach, daß seine Kehle regelrecht ausgetrocknet gewesen war.

»Das mag am Wetter liegen.«

»Nein, das stimmt nicht. Es liegt an dir. An meiner Vorfreude auf das, was noch sein wird.«

»Meinst du?«

»Deshalb bin ich hier. Ich war wie vor den Kopf geschlagen, als ich deine Einladung erhielt.« Er wollte auf Carlita zugehen, aber sie streckte ihm die freie Hand entgegen.

»Einen Moment noch, denn ich habe eine Frage.«

»Welche?«

»Hast du dich an unsere Abmachung gehalten, Juan?« Sie sah das Erstaunen auf seinem Gesicht und präzisierte die Frage. »Ich hoffe, daß du niemandem von unserer Bekanntschaft erzählt hast, auch nicht deiner Familie . . .«

»Keine Sorge. Ich habe mit ihr nicht viel zu tun, denn ich bin ja das schwarze Schaf.« Er kicherte. »Manchmal ist es von Vorteil, wenn man sich nicht um gewisse Dinge kümmert, die das Leben nur schwermachen. Du verstehst?«

»Ja, ich verstehe«, antwortete Carlita leise und schaute kurz zum Kamin hin, wo in seinem Schatten das gewaltige Beil stand.

»Ah, ich brauche noch einen Schluck, um in Form zu kommen«, sagte Juan Perez. Er näherte sich wieder der im Eis steckenden Flasche, holte sie hervor und ließ den edlen Saft in sein Glas schäumen.

Carlita Moreno schaute ihm dabei zu. Sie sah nicht mehr aus wie eine verliebte Frau, denn ihr Blick war kalt und lauernd geworden. Sie dachte an den chemischen Zusatz und wartete darauf, daß er endlich wirkte.

Juan goß das Glas zu voll. Der Champagner schäumte über. Er schimpfte leise, und plötzlich beugte er sich nach vorn und sah dabei aus, als würde er über den Tisch fallen und mit dem Gesicht im Eis landen. So eben noch riß er sich zusammen. Er wuchtete seinen Körper zurück, blieb auf den Beinen, drehte sich Carlita zu, die sofort reagierte und ihr halbleeres Glas hob.

»Auf dich, mein Lieber!«

Juan Perez hörte die Worte. Sie kamen ihm vor, als hätte sie eine Frau gesprochen, die weit entfernt von ihm stand. Ein Schleier hatte sich über sein Gehör gelegt, und er spürte auch den dumpfen Druck in seinen Ohren.

Perez schwankte. Er bewegte zuckend die Arme. Wieder quoll der Champagner über. Der Mann atmete schwer. Er kämpfte mit dem Gleichgewicht und hörte Carlitas besorgt klingende Frage. »He, was hast du denn, Juan? Was ist los mit dir?«

Er schwitzte stark und rang nach Atem. »Weiß auch nicht«, brachte er hervor. »Mir ist so anders, komisch . . .«

«Ist dir übel?«

»Ich, ich glaube.«

»Oh, ausgerechnet jetzt.«

»Kannst du wohl sagen.« Perez grinste verzerrt. »Ich glaube, ich muß mich mal setzen.«

»Ja, tu das.« Carlita stellte ihr Glas ab. »Warte, ich werde dir helfen.«

Das ließ sogar ein Macho wie Juan zu. Er spürte die Hand der Frau an seinem linken Ellbogen und folgte dem leichten Druck, der ihn auf die Couch zudirigierte.

Dort drückte Carlita ihren Gast nieder, der froh war, in den Polstern versinken zu können. Er saß da und schloß die Augen, während er schwer atmete.

»Was ist denn mit dir?«

»Übel, müde ...«

»Und jetzt?«

Es bereitete ihm schon Mühe, den Kopf nach links zu drehen. So konnte er die Frau sehen, die gebeugt neben ihm stand und auf ihn niederblickte. Den besorgten Ausdruck auf ihrem Gesicht nahm er nicht wahr, denn einiges stimmte nicht mit seinen Augen. Das Bild der Person verschwamm, und Carlita selbst sah für ihn aus, als wäre sie dabei, sich aufzulösen.

Als sie lachte und er dieses Lachen wahrnahm, da blitzte für einen Augenblick ein Gedanke in seinem Kopf auf. Plötzlich glaubte er an eine Falle, in die er gestolpert war. Er wollte noch etwas sagen, den Arm heben, um nach Carlita zu fassen, doch selbst diese Bewegung war zuviel für ihn.

Der Mann bekam nicht mal den Arm hoch. Er sackte nach unten und blieb auf der Sitzfläche der Couch liegen. Nichts ging mehr.

Carlita aber lachte hell auf. Sie trat zurück, nahm ihr Glas und prostete dem Mann zu. »Du hast dir viel vorgestellt, Amigo, aber auch ich habe meinen Plan gehabt. Er hat sich erfüllt. Du wirst weiterhin von mir träumen können, aber im Jenseits.« Sie setzte das Glas gegen die Lippen und kippte sich den Rest des Champagners in die Kehle.

Jetzt fing für sie der wahre Abend an ...

Wenige Minuten später hatte Carlita die Tür der Terrasse geöffnet und ließ den Abendwind in das große Zimmer wehen. Die Flammen der Kerzen hatte sie gelöscht und das Licht noch mehr herabgedreht, denn sie wollte sich nicht vorkommen wie auf einer Bühne.

Auf der Terrasse blieb sie stehen und gönnte sich einen Rundblick. Die Landschaft lag im Dunkeln. Nur dort, wo die Häuser und Villen standen, strahlten Lichter aus dieser Landschaft hervor. Sie alle lagen tiefer, so daß Carlitas Anwesen nicht eingesehen werden konnte. Das war wichtig.

Carlita ging wieder zurück. Der Himmel war mittlerweile dunkel geworden und hatte die Farbe von blauer Tinte angenommen. Vereinzelt funkelten Sterne auf, ein wirklich romantisches Bild, das über dem Meer schwebte, nur hatte Carlita dafür keinen Blick. Sie liebte etwas anderes: die Romantik der Hölle.

Juan Perez lag noch immer auf der Couch. Sein Gesichtsausdruck erinnerte an den eines Toten. Der Mund stand offen, die Augen waren geschlossen, aber nicht fest.

Carlita schlug mehrmals mit der flachen Hand gegen seine Wangen. Sie erlebte keine Reaktion. Das Mittel war wirklich gut. Es hatte mal wieder hundertprozentig gewirkt.

Sie war sehr zufrieden, als sie über die Lehne hinweggriff und ihre Hände in die Achselhöhlen der bewußtlosen Person vergrub.

Juan Perez war nicht sehr groß und auch nicht zu schwer. Sie konnte ihn anheben, ohne sich groß anstrengen zu müssen, und so zerrte sie ihn von der Couch weg, während die Hacken der Halbschuhe mal über den Steinboden und mal über einen weichen Teppich glitten.

Ihr Ziel war die Terrasse.

Sie ließ sich Zeit, denn gestört würde sie nicht werden. Das Personal hatte frei, und am anderen Morgen würde weder der Gärtner noch die Zugehfrau etwas sehen. Im Verwischen von Spuren war Carlita Moreno schon klasse.

Die Vorfreude auf die kommenden Ereignisse hatte ihre Kräfte gestärkt. Sie atmete kaum schneller, als sie Perez auf die Terrasse schleifte und ihn dort ablegte. Nicht weit vom Pool entfernt ließ sie ihn auf dem Bauch liegen. Dieser Mann würde sich aus eigener Kraft so schnell nicht erheben.

Bevor Carlita die Terrasse verließ, schaute sie nach, ob auch alles seinen Platz gefunden hatte. Neben der Hauswand stand das, was sie später brauchen würde, und sie sah auf den aufgerollten roten Schlauch auf dem Boden, der aussah wie eine tote, gefärbte Schlange und durch einen Flansch Verbindung mit einem außen angebrachten Wasserkran hatte.

Lautlos ging sie über den Teppich. Das Kleid schwang bei jeder Bewegung mit, weil es in der unteren Hälfte glockenförmig geschnitten war. Sie fühlte sich gut, denn sie wußte, daß sie bald einen Schritt weiter sein würde.

Carlita bewegte sich auf den Kamin zu. Dort stand noch immer das mächtige Beil mit dem langen Griff, den sie jetzt mit beiden Händen umschloß. Es war ein sehr schweres Mordwerkzeug, aber Carlita hatte die Kraft, um es locker anzuheben.

Sie hielt es schräg, als sie den Weg wieder zurückging. Ihr Gesicht war jetzt glatt geworden. Es erinnerte an eine faltenlose Maske. Auch die Lippen lagen zusammengepreßt, und der sonst volle Mund bildete nur einen Strich.

Der kühle Abendwind wehte vom Meer her über die Terrasse hinweg. Er streichelte das Gesicht und den Körper der Frau. Er brachte den Salzgeruch mit, aber sie roch schon etwas anderes.

Blut ...

Carlita drehte den Kopf. Sie richtete ihr Augenmerk auf den Mann, der sich von dieser Nacht so viel versprochen hatte und nun auf dem Boden lag wie ein großer, toter Wurm.

Männer, dachte sie und hätte beinahe ausgespien. Sie waren alle gleich. Sie glaubten immer, in den Frauen die Schwächeren zu sehen, aber sie hatten sich getäuscht.

Bestimmte Frauen mochten schwach sein, aber sie war es nicht. In ihrer Ahnenreihe hatte es nie Schwächlinge weiblichen Geschlechts gegeben, und sie fühlte sich als eine würdige Nachfolgerin.

Neben dem Bewegungslosen blieb sie stehen.

Sie gönnte ihm einen letzten Blick, und plötzlich überkam sie der Haß. Sie überschüttete Perez mit einer wahren Flut von geflüsterten Schimpfworten, bevor sie das Henkerbeil anhob und hoch über ihren Kopf schwang.

Sie hatte sich diesmal für das Beil entschieden. Dabei hätte sie auch das Schwert einsetzen können, denn auch das beherrschte sie perfekt. Im Endeffekt kam es ihr nur darauf an, den anderen zu vernichten.

Wie ein gezackter Schatten hob sich der Körper der Frau in der Dunkelheit ab.

Sie atmete tief ein.

Dann lachte sie schaurig auf.

Einen Moment später – das Lachen lag noch als Echo in der Luft – sauste das Beil nach unten.

Sie traf. Und sie schlug noch mal zu.

So vollendete die Frau ihr blutiges Werk ...

Der Korb, der mit Silberpapier ausgelegt worden war, stand neben der Haustür, und er war nicht mehr leer.

Als die Frau hineinschaute, da starrte sie gegen das

bleiche Gesicht, das trotzdem zahlreiche Blutspritzer aufwies.

Perez lebte nicht mehr. Sie hatte ihm den Kopf abgeschlagen und ihn in den Korb gelegt. Der Körper war bereits verschwunden. Bevor er durch den Schacht in Richtung Meer gefallen war, hatte Carlita noch den Autoschlüssel eingesteckt. Er war für sie wichtig, im Gegensatz zu diesem Torso, mit dem sie nichts anfangen konnte.

Carlita Moreno trug zwar noch das schwarze Kleid, aber sie hatte sich einen dünnen, dunklen Mantel übergestreift und ihn auch zugeknöpft. Vom Korb mit dem makabren Inhalt wandte sie sich ab und ging dorthin, wo der Schlauch am Boden lag.

Carlita rollte ihn auf. Dabei schaute sie zum Rand des Pools hin, wo die schreckliche Untat begangen worden war. Selbst in der Dunkelheit waren die Spuren nicht zu übersehen, wenn auch nicht so deutlich, denn das Blut verteilte sich in unterschiedlich großen Lachen und Spritzern auf den Fliesen. Mit dem Schlauch würde sie es wegspritzen. Am besten sofort.

Sie drehte den Hahn auf, verstellte noch die Düse am unteren Ende des Schlauchs und schaute zu, wie das Wasser hervorspritzte. Zunächst fächerförmig, danach als kräftiger Strahl. Der Abfluß schluckte alles.

Wieder ließ sich die Frau Zeit. Sie dachte an den Torso des Mannes. Er lag schon längst im Meer, wurde von den Wellen gepackt und weggetrieben. Irgendwo würde er dann an einem Strandstück auftauchen und die Polizei wieder vor ein Rätsel stellen. Schließlich war es nicht der erste kopflose Körper, der angetrieben wurde.

Die Frau arbeitete zielsicher. Niemand störte sie. Einmal sah sie die Lichter eines Flugzeuges hoch über sich hinwegfliegen, und ihr Mund verzog sich zu einem bissigen Grinsen. Keiner der Passagiere konnte nach unten schauen und sie sehen. Sie war völlig allein und wurde auch nicht von den Nachbarn gestört.

Lächelnd verrichtete sie auch den Rest und spritzte selbst das Mordinstrument ab.

Ihr Gesicht sah aus wie der eigene Schatten. Die Augen leuchteten matt, und die Lippen hatten sich zu einem kalten Grinsen verzogen. Die Säuberung verrichtete sie fast automatisch, mit ihren Gedanken war Carlita ganz woanders. Schließlich konnte sie auf der Terrasse keinen Blutspritzer mehr entdecken und drehte das Wasser ab, rollte den Schlauch wieder zusammen und deponierte ihn an seinen Platz.

Das Mordinstrument würde sie später noch wegschaffen. Andere Dinge waren jetzt wichtiger.

Zurück auf der Terrasse, blieb sie neben dem Kopf stehen. Das starre Gesicht schaute sie noch immer an. Nicht ein Funken Mitleid durchströmte die Frau, die sich bückte und den linken Arm dabei ausstreckte. Die Finger umfaßten den Griff des Korbs. Sie hob ihn an. Er war durch den Kopf schwerer geworden, doch das störte sie wenig. Vor ihr lag eine sehr wichtige Aufgabe, denn die Welt des Bösen sollte ihr auch weiterhin gewogen bleiben ...

Ich war nach Spanien geflogen, in Barcelona gelandet und dort von dem Kollegen Salinas abgeholt worden, aber so recht war ich von diesem Auftrag nicht überzeugt, den mir Sir James aufs Auge aufgedrückt hatte. Er wiederum war von einem hohen Offizier der spanischen Polizei überredet worden, nachdem man sich auf einer Tagung getroffen hatte und die beiden Abende im Club ausklingen ließ.

An der Costa Dorada gab es Probleme. In den letzten Monaten waren sechs kopflose Leichen an den Strand geschwemmt worden, aber die dazugehörigen Köpfe hatte man trotz intensiver Suche nicht gefunden. Die waren einfach verschwunden, und keiner der Kollegen war in der Lage, ein normales Motiv dahinter zu entdecken.

Deshalb ging man schließlich davon aus, daß es sich bei den Torsi um Menschen handelte, die einem Ritualmörder in die Hände gefallen waren, oder um eine Person, die mit finsteren Mächten im Bunde stand.

Mein ›Ruf‹ war mir bis Spanien vorangeeilt. Zudem hatte ich in diesem Land schon einige Fälle gelöst, und so hatte Sir James dem Drängen des spanischen Kollegen schließlich nachgegeben, der ihm sogar erklärte, daß das Königshaus Interesse an der Aufklärung bekundet hatte.

Also hatte ich mich auf den Weg gemacht und auch daran gedacht, daß in Spanien das Wetter viel besser war als in London, denn dort hatten wir kaum einen Sommer gehabt.

Natürlich waren die Kollegen nicht faul gewesen. Sie hatten viele Spuren verfolgt und sich auch um das Privat- und Vorleben der Getöteten gekümmert. Aber sie waren an einer bestimmten Stelle immer wieder gegen eine Mauer gestoßen, denn eine Gemeinsamkeit hatten alle Opfer. Es waren alles Frauenhelden, sie besaßen genügend Geld und ließen den lieben Gott einen guten Mann sein, denn an Arbeit hatte keiner von ihnen gedacht. Das war alles herausgefunden worden.

Mehr aber nicht.

Die Männer waren praktisch von einer Stunde zur anderen verschwunden. Nur ihre Torsi fand man, während man nach den Köpfen vergeblich suchte.

Ob ich allerdings der richtige Mann war, um sie zu finden, stand noch in den Sternen, aber Salinas setzte seine Hoffnung auf mich, weil ich mich eben auf der schwarzmagischen Ebene gut auskannte.

Nach der Landung war er an meiner Seite geblieben und hatte mich im Süden der Stadt zunächst in ein Lokal geführt, wo wir etwas essen wollten. Der Kollege war ein kleiner, aber drahtiger Spanier mit breiten Schultern und dunklem Haar, durch das sich erste graue Strähnen zogen. Das scharf geschnittene Gesicht zierte ein dunkler Bart auf der Oberlippe. Er hatte funkelnde Augen und strich sich immer wieder über seine hohe Stirn, als könnte er somit seine Gedanken zusammenhalten.

Wir hatten Wasser und Wein bestellt. Mein Hunger hielt sich in Grenzen, und so entschied ich mich für einen Salat aus Meeresfrüchten, den auch Salinas nahm.

»Eigentlich bin ich ja ein Mann, der viel und gerne ißt, aber dieser verdammte Fall ist mir auf den Magen geschlagen. Meine Frau befürchtet schon, daß ich Magengeschwüre bekomme, und die kriege ich auch, wenn das so weitergeht.«

Ich winkte ab. »So einfach ist das nicht. Dann hätte ich sie schon längst haben müssen.«

»Irrtum, Kollege. Sie beschäftigen sich immer mit diesen vertrackten und außergewöhnlichen Fällen. Ich aber bin ein normaler Polizist, der mit so etwas nichts am Hut hat.«

»Man hat also allen die Köpfe abgehackt.«

»Si, das wissen Sie doch.«

»Ich wollte auf etwas anderes hinaus. Man hat die Leichen sicherlich untersucht.«

»Stimmt.«

»Ist denn herausgefunden worden, womit die Männer umgebracht wurden? Was war die Mordwaffe?«

Salinas lehnte sich auf seinem Korbstuhl zurück und

lachte, obwohl kein Grund vorhanden war. »Das kann ich Ihnen sagen. Die sind mit einem Schwert und mit einem anderen Gegenstand enthauptet worden. Unsere Experten tippen auf ein Beil mit breiter Klinge.«

»Gut«, sagte ich und nickte. »Das ist immerhin so etwas wie eine erste Spur.«

»Meinen Sie?«

»Na ja. Beile und Schwerter stehen ja nicht in jedem Haus.«

»Da haben Sie recht.« Salinas lächelte auf eine bestimmte Art, die mir nicht verborgen blieb und mich mißtrauisch machte.

»Wollten Sie noch etwas sagen?«

»Später.«

»Ich ...« Den Grund erfuhr ich, denn der Ober kam und brachte unser bestelltes Essen. Ich nahm mir die Zeit, trank von meinem Rioja, spülte mit Wasser nach und ließ meinen Blick durch den Innenraum der Bodega schweifen, der sehr dunkel und rustikal eingerichtet worden war. Das Lokal wurde von Touristen nicht frequentiert. Hier aßen die Einheimischen, was mir schon sehr sympathisch war.

Klein waren die Portionen nicht gerade. Auf den Tellern lag fast alles, was das Meer zu bieten hatte. Wir bekamen noch Öl und Essig gesondert gereicht, auch Zitrone, und Salinas schaute mich an, als würde er ein Lob erwarten.

»Ja, das ist gut.« Ich enttäuschte ihn nicht.

»Weiß ich, denn ich gehe hier öfters essen – wenn ich in der Gegend bin.«

Ich probierte den hellen Fisch, fand ihn schmackhaft und aß die ersten Stücke. Auch Salinas hatte zu seinem Besteck gegriffen und ließ es sich schmecken. Zwar paßte der Rote nicht ganz zum Essen, aber das störte mich nicht. Ich wollte vielmehr wissen, was mir der Kollege noch über die Schwerter und Beile zu sagen hatte, und fragte ihn zwischen einem Gabelhappen und einem Schluck Wasser danach.

Salinas legte das Besteck zur Seite, und sein Gesicht nahm einen gequälten Ausdruck an. Zwei Männer in Arbeitsanzügen betraten die Bodega, passierten unseren Tisch, grüßten den Kommissar, bevor sie sich einen Platz am Fenster suchten und vom Wirt lautstark und herzlich begrüßt wurden.

»Es ist nicht leicht, darauf eine Antwort zu finden – oder eine Erklärung«, gab er zu.

»Warum?«

»Weil es mehr meine Privatidee ist, mit der ich völlig danebenliegen kann.«

Ich winkte ab. »Machen Sie sich keine Sorgen, Kollege, so etwas kenne ich auch.«

»Ich habe mit meinen Leuten nicht darüber gesprochen.« Er senkte seine Stimme. »Aber mit Ihnen möchte ich reden, und ich werde Ihnen auch den Beweis liefern.« Er spielte mit der Gabel und schaute sie an, während er mich ansprach. »Sie denken anders, Señor Sinclair.«

»Das wissen Sie noch nicht.«

»Doch, das weiß ich. Oder nehme es stark an.« Er strich wieder über seine Stirn, als wollte er Falten hineinbügeln, denn sie blieben, als er sprach. »Nicht weit von hier gibt es ein kleines Museum mit vielen Bildern und Plastiken. Ich weiß nicht mal, ob die Ausstellungsstücke sehr wertvoll sind, aber das ist auch nicht der Punkt. Mir geht es mehr um die Motive der Bilder, die allesamt aus der Vergangenheit stammen und Szenen aus der nicht eben rühmlichen Geschichte unseres Landes zeigen. Also viel Blut und Gewalt.«

»Aber kein echter Goya – oder?«

»Nein, nein, das nicht. Die Bilder stammen wohl nicht von berühmten Malern, eher von welchen, die mehr für den Hausgebrauch arbeiteten.« Er winkte ab. »Sie können auch alle Bilder vergessen, bis auf«, jetzt ruckte sein Kopf hoch, und er schaute mich an, »ein Bild!«

»Gut«, sagte ich, was ihn etwas irritierte.

»Wieso gut?«

»Wir nähern uns dem eigentlichen Thema.«

»Ja, das stimmt«, gab er zu. Er trank wieder und flüsterte mir über den Tisch hinweg zu: »Dieses Bild zeigt eine schaurige, in düsteren Farben gemalte Szene. Der Mittelpunkt ist eine Frau, die in einer toten, nebeligen und mit Leichen übersäten Landschaft steht. Auf einem Kampffeld gewissermaßen. Die Frau trägt Teile einer Rüstung und sogar Strümpfe aus Ketten, während ihre Brüste beinahe blank liegen, das muß man sich mal vorstellen. In diesem Motiv vereinigen sich der Tod, die Gewalt und der Sex.«

»Was noch?« fragte ich.

Salina konnte sich das leicht blechern klingende Lachen nicht verkneifen. »Wissen Sie schon mehr?«

»Das nicht, aber ich kann mir vorstellen, daß es nicht alles ist. Das dicke Ende kommt noch nach, wie man so schön sagt.«

»Ja, Señor Sinclair, es kommt, und zwar mit Macht.« Er flüsterte wieder. »Diese Frau, von der ich gesprochen habe, sieht aus wie die große Siegerin auf dem Schlachtfeld. Sie steht über allem, und sie hält dabei noch eine Waffe in der linken Hand, die ein wahres Monstrum ist.« Er breitete die Arme aus. »Ein riesiges Beil mit einer immensen Klinge, die aussieht wie ein übergroßes Pendel.« Er hob einen Finger. »Wohlgemerkt, dieses Beil hält sie in der rechten Hand.«

»Und in der linken?« fragte ich.

»Einen Kopf.« Sein Mund bewegte sich schnell bei dieser Antwort. »In der Hand hält sie einen Kopf. Das heißt, die Finger haben sich in das dunkle, struppige Haar vergraben. Es ist sehr lang, und sie kann es in die Höhe ziehen und den Kopf so halten. Das ist es, was ich Ihnen als Privatmann sagen wollte.«

»Nicht schlecht«, murmelte ich, nachdem auch ich Wasser und Wein getrunken hatte. »Sie ziehen also eine Verbindung zwischen dem Bild und den sechs Opfern?«

»Ja.«

»Warum?«

»Wegen der Waffe.«

»Aber ein Schwert trägt sie nicht?«

»Nein, Señor Sinclair, davon können Sie sich auch sehr bald überzeugen.«

Ich winkte ab. »Sagen Sie nicht immer Señor, sondern John.«

»Gut, ich heiße Antonio.«

»Okay, bleiben wir bei dem Bild. Jemand muß es gemalt haben. Wann ist es entstanden?«

»Vor einigen hundert Jahren, denke ich, als die Mauren noch große Teile unseres Landes beherrschten. Aus dieser Zeit stammt es. Und wenn Sie den Kopf sehen, den diese Frau hält, so sieht das Gesicht doch fremd aus. Es kann also gut einem Araber oder Mauren gehören, meine ich.«

»Wenn ich mir Ihre Worte so durch den Kopf gehen lasse, Antonio, könnte ich auf den Gedanken kommen, daß für Sie die sechs Männer von einer Frau umgebracht worden sind.«

Er sah aus, als wollte er mir zustimmen, aber Salinas schwieg. Ich sah mich gezwungen, noch einmal nachzuhaken, und endlich quälte er sich eine Antwort ab.

»Das ist meine Privatmeinung, John. Nicht mehr und nicht weniger. Ich darf sie öffentlich gar nicht äußern, aber ich bin schon der Ansicht, daß wir auf der Suche nach dem Täter auch eine Täterin in Betracht ziehen sollten.«

»Aber nicht die Frau auf dem Bild?«

Der Kollege hob die Schultern.

»Sind Sie der Meinung, daß es . . .?«

»Nein, das ist natürlich unmöglich«, unterbrach er mich schnell. »Aber ich kann nichts mehr sagen, denn Sie wissen selbst, daß das Wort *unmöglich* oft nicht stimmt. Das Leben bietet immer wieder verdammt grausame Überraschungen.«

»Da haben Sie allerdings recht, Antonio.«

Er räusperte sich. »Sie sollen mich auch nur begleiten und sich das Bild anschauen. Ich möchte gern wissen, was Sie bei diesem Anblick empfinden und ob Sie ebenso denken wie ich.«

Ein Lächeln umspielte meine Lippen. »Wie soll ich denn Ihrer Meinung nach denken?«

»Das weiß ich auch nicht. Aber Sie könnten doch auf Ihr Gefühl hören, wenn Sie vor dem Bild stehen.«

»Gefühle sind keine Tatsachen, aber ich werde mir das Gemälde trotzdem anschauen.«

»Sehr gut.« Salinas klopfte auf den Tisch. »Ich habe den Bogen sehr weit gespannt, das weiß ich. Aber ich möchte Ihnen sagen, John, daß man in diesem Fall unkonventionelle Wege gehen muß. Auf anderen kommen wir nicht weiter. Da haben sich schon meine Kollegen die Zähne daran ausgebissen. Jetzt sind Sie so etwas wie eine letzte Hoffnung.«

»So fühle ich mich aber nicht.«

»Das spielt keine Rolle. Ich zahle jetzt, danach schauen wir uns das Bild an.«

»Wie Sie meinen, Antonio.«

»Danke.« Er lächelte und lehnte sich erleichtert zurück.

Carlita Moreno hatte die Terrassentür wieder geschlossen und auch die Jalousien herabfallen lassen und die Lamellen so schräg gestellt, daß niemand einen Blick in den Wohnraum werfen konnte.

Es kam zwar so gut wie nicht vor, daß in der Nacht jemand durch die Gärten der Häuser strich, es gab einfach zu viele Hunde als Wächter, aber sie wollte wirklich ganz sichergehen, denn vor ihr lag der zweite Teil der schaurigen Arbeit.

Den Korb mit seinem schaurigen Inhalt hatte sie mitgenommen und abgestellt. Der Champagner sollte nicht schal werden, und nach einem derartigen Sieg brauchte Carlita einfach eine Erfrischung. Deshalb schenkte sie ihr Glas bis hin zum Rand voll und leerte es bis auf einen geringen Rest in einem Zug.

Es tat ihr gut. Sie fühlte sich erfrischt, als hätte sie innerlich gebadet.

Danach hob sie den Korb wieder an und näherte sich dem Schrank. Davor stellte sie ihn abermals ab. Sie schloß den Schrank auf und öffnete auch die schmale Geheimtür an der Rückseite. Wieder ging sie zurück, holte die Mordwaffe, um sie neben das Schwert zu stellen, wo beide versteckt standen.

Die üble Luft stieg aus der Tiefe hoch und wehte gegen ihre Nase. Es machte der Frau nichts aus, denn an diesen Grabgeruch hatte sie sich längst gewöhnt. Wenn er nicht mehr vorhanden gewesen wäre, dann hätte sie ihn sogar vermißt.

Carlita holte den Korb mit dem Kopf in ihr Versteck und zog die Schranktür von innen wieder zu, so daß sie in absoluter Dunkelheit stand, doch nicht sehr lange, denn Carlita hatte sich in den Schrank eine Lampe einbauen lassen. Sie betätigte den Schalter und wurde von einer grellen Helligkeit gebadet, die ihren Augen nicht guttat, an die sie sich jedoch rasch gewöhnte, denn sie schob sich zusammen mit dem Korb durch die schmale Tür und blieb vor einer Treppe stehen.

Es war eine uralte Steintreppe, die in die Tiefe führte. Schon vor Hunderten von Jahren, als an eine Villenbebauung noch nicht zu denken war, hatte es diesen Fluchtweg in die Tiefe gegeben. Er hatte zu einer kleinen Festung gehört, die jedoch im Laufe der Zeit dem Druck fremder Eindringlinge nicht hatte standhalten können und dem Erdboden gleichgemacht worden war.

Geschichtlich war diese Feste nur von geringer Bedeutung gewesen. So war sie auch nur in wenigen Büchern aufgeführt worden, aber Carlita hatte darüber Bescheid gewußt, und nicht grundlos hatte sie ihr modernes Haus genau an dem Platz bauen lassen, wo vor langer Zeit einmal die Festung gestanden hatte.

Von den Leuten, die das Haus errichtet hatten, wußte keiner Bescheid. Selbst der Architekt war nicht informiert, und das kam ihren Plänen nur entgegen.

Das Licht aus dem Schrank floß bis zu den ersten beiden Stufen der Treppe hin, bevor es sich verlor. Weiter unten war es finster wie in einem Tintenfaß.

Carlita war guten Mutes. Sie summte ein spanisches Volkslied vor sich hin und entnahm aus einer Halterung einen langen, oben geschwärzten und mit Pech behafteten Holzbalken. Lange Zündhölzer lagen auch in der Nähe, und die Frau rieb drei Zündhölzer gleichzeitig an. Die Flamme war groß genug, um das schnell brennbare Pech am oberen Ende des Holzbalkens in Brand stecken zu können, der nun zu einer Fackel geworden war.

Die Frau stand zwischen den Zeiten.

Hinter ihr lag die normale. Vor ihr aber und am Ende der Treppe befand sich das tiefste und finsterste Mittelalter, in das Carlita nun hinabsteigen würde.

Zusammen mit Korb und Fackel. Den Korb hielt sie in der rechten, die Fackel in der linken Hand. So ausgerüstet machte sie sich auf den Weg in die Tiefe.

Angst kannte sie nicht. Es war ja ihre Welt, in die Carlita hineinstieg, und den Weg ging sie auch nicht zum erstenmal.

Sie kannte jede Stufe und auch all die Unregelmäßigkeiten, die das Gestein manchmal zu einer gefährlichen Falle machten.

Das Licht war düster. Intensiv rot, und nur an den Rändern schimmerte es in einem helleren Gelb. Bei jeder Bewegung geriet es ins Schwingen und Tanzen, dann huschten die Schatten wie zweidimensionale Riesendrachen oder Ungeheuer an den Wänden entlang, als wollten sie sich in das Gestein hineinfressen.

Stufe für Stufe ging es hinab. Keine Wendeltreppe. Diese hier führte geradewegs nach unten. Vorbei an den feuchten Wänden und immer tiefer hinein in die schlechte Luft, so daß sich der Vergleich mit einer Gruft aufdrängte. Die Luft war mit einem stinkenden Atem erfüllt. Da unten, am Fuß der Treppe, schien etwas zu liegen, das schon seit Wochen und Monaten verweste.

Carlita Moreno ging vorsichtig. Trotzdem schaukelten die Fackel und auch der Korb in ihren Händen. Dadurch bewegte sich der Kopf. Er rutschte auf dem Silberpapier in seiner Blutlache hin und her.

Die Welt des Todes schreckte die Frau nicht. Sie fühlte sich immer wohler, denn sie dachte stets daran, daß sie es war, die das Schicksal ausgesucht hatte.

Alles war Schicksal im Leben und auch in den Zeiten. Ob sie die Vergangenheit, die Gegenwart oder die Zukunft nahm. Für sie waren diese drei Vektoren untrennbar miteinander verbunden.

Eine zweite Fackel steckte in einer Halterung an der

Wand. Sie ging daran vorbei. Die erste gab noch genügend Licht. Später am Ziel sah es sowieso anders aus.

Manchmal kicherte sie auch. Dann huschte dieses Geräusch an den kahlen Wänden hoch, als wollte es der Erdanziehung einen Streich spielen. Carlita war in ihrem Element. Die Mörderin fühlte sich wohl, wie befreit, und sie dachte nicht darüber nach, welches Verbrechen sie wieder einmal begangen hatte.

Es war schon der siebte Kopf, der an einem bestimmten Ort seinen Platz finden würde. Reue empfand sie nicht, nur Genugtuung, denn sie fühlte sich ihrer Ahnung verpflichtet.

Das tanzende Licht riß die Dunkelheit vor ihr auf, während sie sich hinter dem Rücken der Frau wieder zusammenballte. Der Weg in die Tiefe schien kein Ende zu nehmen, und sie hatte die Stufen auch nie gezählt, aber mehr als fünfzig waren es schon.

Carlita verließ sich dabei voll und ganz auf ihr Gefühl. Sie blieb deshalb dort stehen, als sie davon überzeugt war, daß nur noch wenige Stufen vor ihr lagen.

Es stimmte.

Sie stand auf der drittletzten. Carlita lächelte, bevor sie ihre Fackel nach vorn streckte und über die letzte Stufe hinwegleuchtete, wo ein Stollen begann.

Carlita ließ auch die restlichen Stufen hinter sich, trat in den Gang hinein, in dem das Licht der Fackel wieder zuckende Ungeheuer aus Hell und Dunkel schuf.

Nach wenigen Schritten schon blieb sie stehen, denn sie hatte das Ziel erreicht.

Carlita Moreno atmete tief durch. Sie ließ sich Zeit und bewegte sich bedächtig. In eine Halterung stemmte sie das Holz der Fackel. Das Licht fiel jetzt von oben her auf sie herab – und tauchte auch ein in eine sehr lange Nische vor ihr in der Wand.

Sie war wichtig.

Die Nische war nicht nur lang, sondern auch tief, denn sie mußte genügend Platz bieten.

Dort standen sie nebeneinander aufgereiht. Die Trophäen der Carlita Moreno.

Es waren sechs Köpfe!

Die Frau atmete tief durch und auch auf, als sie ihre Blicke über die Köpfe gleiten ließ.

Sechs waren es.

Und sechs kopflose Körper hatten den Weg ins Meer gefunden und waren an irgendwelchen Küstenstreifen angeschwemmt worden. Zurück aber war das geblieben, von dem Carlita so überzeugt gewesen war.

Die Schädel standen nebeneinander. Der Raum zwischen ihnen war nicht größer als die Breite einer Hand. Die Abstände waren genau eingehalten worden, und nach dem sechsten Kopf gab es noch genügend Platz für einen siebten.

Die Männer waren nicht alle an einem Tag enthauptet worden, das war den Köpfen anzusehen, denn der Schädel ganz links, der dem ersten Toten gehörte, zeigte bereits die stärksten Spuren der Verwesung.

Die Haut war aufgeplatzt und helle Gebeine bereits an einigen Stellen zu sehen. Der Mann war blond gewesen; trotz der verfilzten und schmutzigen Haare konnte man das deutlich erkennen.

Der zweite Kopf zeigte schon weniger Anzeichen der Verwesung. Aber auch hier war die Haut bereits arg in Mitleidenschaft gezogen worden. Unter dem linken Auge klebte ein Fleck, der wie Rost aussah, aber Blut war.

Der dritte, der vierte und der fünfte Kopf geriet in das Blickfeld der Frau, und jedesmal, wenn sie wieder in eines dieser starren Gesichter schaute, dachte Carlita daran, wie diese Männer ums Leben gekommen waren.

Sie alle hatten sich bei ihr etwas ausgerechnet. Sie hielten sich für unwiderstehlich und waren dann von einem Augenblick zum anderen in den Tod geschickt worden.

Entweder mit dem Schwert oder dem mächtigen Henkerbeil. Beide Waffen hatten ihnen keine Chance gelassen, wenn sie von der Hand einer Carlita Moreno geführt wurden.

Vor dem sechsten Kopf blieb sie stehen und stellte den Korb ab. Sie prüfte, wieviel Platz noch neben ihm war, und kam zu dem Resultat, daß es für drei Köpfe mindestens ausreichte. Damit wollte sie sich aber nicht zufriedengeben, doch weitere Aktionen waren noch Zukunftsmusik.

Der letzte Schädel in der Reihe sah im Gegensatz zu den anderen fünf noch ziemlich ›frisch‹ aus. Er hatte einem Menschen gehört, der sich ebenfalls für etwas Besseres hielt. Einem blasierten Typ aus dem Adel. Ihn zu killen hatte Carlita besonderen Spaß bereitet. Noch jetzt strahlte aus seinem starren Gesicht eine gewisse Arroganz, in die sich aber auch Furcht hineinmischte.

Vor den Köpfen und auch innerhalb der Nische, aber dicht an den vorderen Rand gedrückt, standen dicke Kerzenstummel, aus denen die schwarzen Dochte hervorragten. Ihr Licht brauchte Carlita nicht, als sie sich bückte und den Kopf Nummer sieben aus dem Korb holte.

Sie faßte ihn mit beiden Händen an. Unter der Schnittstelle klebte das Blut und war eingetrocknet. Carlita stellte ihn noch nicht ab, sondern hielt den Kopf in einem bestimmten Abstand vor ihr Gesicht, so daß sie ihm direkt in die Augen schauen konnte.

Ihre lebten, die des Mannes nicht mehr. Sie waren nur stumpfe, dumpfe Kugeln in ihren Höhlen.

Carlita grinste das tote Gesicht an. »Juan hast du geheißen und dich mal mit dem berühmten Don Juan verglichen. Du eingebildeter Fatzke, du Macho, du Idiot. Hast du geglaubt, mich damit schrecken zu können? Hast du das tatsächlich geglaubt? Oder hast du gedacht, daß ich vor Ehrfurcht auf die Knie fallen würde?« Sie lachte das Gesicht häßlich an. »Nein, das nicht. Ich bin noch nie vor einem Mann auf die Knie gefallen, noch nie! – Das werde ich auch niemals«, flüsterte sie. Dabei schüttelte sie den Kopf, als wollte sie dessen leblose Augen aus den Höhlen schleudern. »Don Juan!« rief sie laut, bevor sie wieder lachte. »Du bist Don Juan der Toten geworden und sonst nichts.« Sie wuchtete ihn zurück und wieder nach vorn, dann stellte sie ihn mit einem Ruck in die Nische und mußte ihn noch halten, sonst wäre er umgekippt.

»Das hast du nun davon«, flüsterte sie dem Gesicht zu. »Aber so enden sie alle. Köpfe für Carlita, kann ich nur sagen. Das allein zählt, das ist wichtig.«

Sie trat zurück, griff nach oben und zog die noch immer brennende Fackel aus der Halterung. Ihr Flackerschein glitt dabei über die Schädel hinweg und ließ die neueren so aussehen, als wären sie plötzlich und für kurze Zeit zu einem unheilvollen Leben erwacht. Doch als Carlita die Fackel drehte, nahmen auch sie wieder ihre Totenstarre ein.

Bevor sie ging, holte Carlita noch das Papier aus dem Korb, knüllte es zusammen und warf es dorthin, wo schon einige dieser Kugeln lagen. Erst dann war sie zufrieden. Die restlichen Blutspuren am Korb würde sie oben entfernen.

Dann machte sie sich auf den Rückweg. Die Köpfe ließ sie in der Gewißheit zurück, daß sie bald Nachschub bekommen würden. Aber darüber würde noch einige

Zeit vergehen. Sie mußte sich erst den richtigen Kerl aussuchen. Außerdem würde der Torso wieder am Strand angeschwemmt werden und den Behörden neue Rätsel aufgeben.

Sie hatten alles in Bewegung gesetzt, ohne einen Erfolg erreicht zu haben. Sie hatten sich einfach zu dumm angestellt.

In den Zeitungen hatte Carlita alles verfolgen können, denn die Blätter hatten sich mit ihren Berichten nahezu überschlagen. Sie alle wollten mehr über den unheimlichen Köpfer wissen. Ja, Köpfer, so hatten sie geschrieben. An eine Frau dachten sie nicht im Traum, diese verfluchten Ignoranten!

Auf der anderen Seite war es auch gut, denn so würde keine Spur zu ihr führen.

Der Geruch von Verwesung verflüchtigte sich immer mehr, je höher Carlita kam. Als sie die Rückseite des Schranks erreichte, war er so gut wie nicht mehr zu riechen.

Sie ließ die Waffen dort stehen, wo sie waren, zupfte die Kleidung auf der Querstange wieder zurecht und drückte erst dann die breite und schwere Tür auf.

Die Gegenwart hatte sie wieder und damit ihr Wohnzimmer. Das völlige Gegenteil zu der Welt in der Tiefe, aber Carlita konnte mit beidem leben und kam gut zurecht.

Beschwingt ging sie zum Kamin und stellte dort ihren Korb ab, weil er da am wenigsten auffiel. Sieben Köpfe, dachte sie. Für den Anfang schon ganz gut. Aber es sollten mehr werden, viel mehr. Sie mußte noch einiges tun, um mit ihrer mächtigen Vorfahrin mithalten zu können, und nicht nur, was das Sammeln von Köpfen anging, denn diese Frau damals hatte zu den wenigen gehört, denen Einblick in andere Philosophien gegeben worden war. Sie hatte sich den Strömungen aus dem Süden zugewandt und sehr viel gelernt, um dieses Wissen in Taten umsetzen zu können. Bis es dann zu einem Bruch gekommen war und sie das Wissen und Können gegen ihre Lehrmeister einsetzen mußte.

Das war zwar wichtig für Carlita, aber nicht so wichtig wie das Auto. Dieser rote Oldtimer aus England mußte einfach verschwinden, und zwar so schnell wie möglich.

Die Dunkelheit der Nacht war Carlitas Verbündete. Aus einer Schublade holte sie die dunklen, dünnen Handschuhe hervor, um keine Fingerabdrücke zu hinterlassen. Sie nahm den Hausschlüssel mit und verließ das Gebäude.

Es war noch nicht sehr spät. Erst in etwas mehr als einer Stunde würde der neue Tag beginnen, und die hier wohnenden Menschen sorgten mal wieder dafür, daß die Nacht nicht unbedingt ruhig blieb. Auf den anderen Grundstücken wurde gefeiert. Carlita hörte es sehr deutlich, denn die Stimmen brandeten zu ihr hoch. Die Menschen hatten ihren Spaß, und ich habe ihn auch gehabt, dachte Carlita. Jeder eben auf seine Art und Weise.

Im Schatten des Hauses lief sie auf den Wagen zu. Das Tor stand noch offen, aber sie mußte das Gefährt erst wenden.

Der Triumph Spitfire hatte das Lenkrad auf der linken Seite, wie auf dem europäischen Festland üblich.

Den Mantel hatte Carlita Moreno nicht abgelegt. In seiner Seitentasche steckte auch der Zündschlüssel.

Die Frau stieg über die Tür hinweg, als sie wenig später hinter dem Speichenlenkrad ihren Platz einnahm. Ein derartiges Fahrzeug hatte sie noch nie gefahren, und sie hoffte, daß sie damit zurechtkam. Auf dem Beifahrersitz fand sie noch ein Handy. Sie würde es zusammen mit dem Fahrzeug im Meer versenken.

Carlita wollte den Motor anstellen, als sie plötzlich zusammenzuckte. Das Handy meldete sich. Es klang in der Stille überlaut. Die Frau hatte den Eindruck, als könnten selbst entfernte Nachbarn dieses Geräusch hören.

Im ersten Moment war sie ratlos. Sprechen? Nein, höchstens nur auf Empfang stellen. Das tat sie, und kurz darauf tutete es. Nach dem ›Abnehmen‹ meldete sich eine Männerstimme. Wie ein Wasserfall redete der Unbekannte.

Carlita hatte Mühe, die schnell gesprochenen Worte zu verstehen, die auch hin und wieder von einem Schluchzen unterbrochen wurden. So erfuhr sie, daß die Mutter des Getöteten im Sterben lag und den nächsten Morgen wohl nicht erleben würde. Carlita kannte den Anrufer nicht. Sein Verhalten jedoch ließ auf einen nahen Verwandten schließen.

Bevor er noch ausgesprochen hatte, stellte sie den Apparat wieder ab, stieg noch einmal aus, warf das Gerät auf den Boden und zertrat es.

Erst jetzt war sie zufrieden. Und später auch, denn sie kam mit dem Wagen besser zurecht, als sie zuvor angenommen hatte. Es war zudem ein wunderbares Gefühl, mit einem offenen Wagen in dieser lauen Spätsommernacht die Serpentinen hinunterzufahren, dem Strand entgegen und einer kleinen Ortschaft, die von Touristen noch nicht überlaufen war.

Die Straße war leer. Carlita rollte an den anderen Häusern vorbei, die doch weiter von der Fahrbahn entfernt zwischen den Felsen lagen. Hin und wieder durchfuhr sie Lichtinseln. An den Zufahrten zu den Grundstücken standen Laternen.

Carlita Moreno hatte alle Wagen verschwinden lassen, an unterschiedlichen Stellen. Manchmal war sie Stunden gefahren, sogar ins Landesinnere, um einen Platz zu suchen, wo der Wagen so schnell nicht gefunden werden konnte.

Das wollte sie sich in dieser Nacht ersparen. Sie kannte eine hohe Felsklippe, dort wollte sie den Spitfire hinabstoßen.

Immer wieder blickte sie in die Rückspiegel. Von Natur aus war sie mißtrauisch, deshalb schaute sie sich häufig nach möglichen Verfolgern um, doch da kam niemand.

Erst auf der Uferstraße herrschte Betrieb. Carlita wurde noch wachsamer. Mit der Zeit beruhigte sie sich wieder, denn niemand zeigte für ihren Wagen Interesse. Es waren auch viele offene Sportwagen unterwegs, und in der Dunkelheit war ein Spitfire nicht so leicht auszumachen.

Sie war gelöst. Sie war frei. Sie konnte tief durchatmen. Die Spannung war längst von ihr abgefallen, und den Wind der Nacht empfand sie wie eine Liebkosung.

Als sie in der Ferne und noch vor den Lichtern eines Küstenortes den großen, weit vorspringenden und hohen Schatten sah, da verkrampfte sich ihr Magen schon etwas, denn dort lag ihr Ziel. Es war dieser Felsen, der ins Meer hinausragte, der an eine mächtige Nase erinnerte, die alles an Flut, Wasser und mächtigen Wellen abhielt, was auf sie zugerollt kam. Eine Laune der Natur, in Jahrmillionen aufgebaut, aber für ihre Zwecke genau richtig.

Zu diesem Felsen hoch führte nur ein holpriger Weg. Wer ihn benutzte, tat dies auf eigenes Risiko. Carlita ging vom Gas. Andere Fahrzeuge holten auf und huschten an ihr vorbei. Dann riß sie das Steuer plötzlich herum, ohne den Blinker zu setzen, und rollte in die Einmündung des kaum erkennbaren Weges. Die glatte Straße blieb zurück, und Carlita spürte jetzt die Unebenheiten, mit denen der Triumph zu kämpfen hatte.

Der Untergrund glich einer holprigen Talstrecke. Hinzu kam noch die harte Federung des Wagens, die Carlita auch nicht gewohnt war. Sie mußte das Speichenrad schon fest mit beiden Händen halten, um überhaupt lenken zu können.

Am liebsten wäre sie ohne Licht gefahren. Das wiederum konnte sie nicht riskieren, denn die pappige Dunkelheit verdeckte alle auf dem Weg liegenden Hindernisse.

So folgte sie dem hellen Licht der Scheinwerfer immer tiefer in das steil ansteigende Gelände. Kurven gab es nicht, aber die Unebenheit des Bodens blieb. Steine bombardierten den Unterbodenschutz oder prallten seitlich gegen die Karosserie. Carlita hoffte, daß er durchhielt und sie ihn schließlich über die Klippe stoßen konnte.

Rechts, links. Sie fluchte, wenn sie den Wagen an irgendwelchen Hindernissen vorbeilenken mußte, auch wenn es nur Büsche waren, die ihr im Weg standen.

Je höher es ging, um so gefährlicher wurde der Untergrund, denn immer wieder ragten die Kanten irgendwelcher festsitzender Steine hervor, die mit etwas Pech durchaus die Reifen aufschlitzen konnten.

Allen konnte Carlita nicht ausweichen. Einige tauchten sehr spät auf, sie schleiften unter dem Wagen hinweg wie große Krallenhände, aber die Frau hinter dem Lenkrad gab verbissen Gas.

Sie hörte bereits die Brandung, obwohl sie tief unten gegen das Gestein schlug. Die Gischt schien die Geräusche in die Höhe zu tragen.

Carlita fuhr langsamer. Sie bremste ein paarmal, gab wieder Gas und stellte fest, daß der Weg nicht mehr anstieg. Sie befand sich bereits auf der Höhe der Kante und wollte nichts weiter mehr riskieren. Deshalb hielt sie an, stieg aus und lief die wenigen Schritte auf die Felskante zu.

Carlita Moreno duckte sich, als eine Windbö sie packte und fast von den Beinen gerissen hätte. Sie ging schnell zurück, aber der erste Blick nach unten hatte sich in ihrem Gedächtnis eingeprägt. Tief unter ihr spielten sich die wilden Szenen ab. Da wuchteten die Wellen gegen die Felsen, wurden dort gebrochen und als lange Gischtstreifen in die Höhe geschleudert. Unheimlich hörten sich die Geräusche an, als drängten sie aus den Mäulern zahlreicher wütender Ungeheuer hervor.

Der Wind peitschte jetzt in Carlitas Rücken, als sie zurücklief. Er wühlte die Haare nach vorn und wehte sie gegen ihre Augen. Sie machte sich keine Gedanken über ihren langen Weg zurück zum Haus. Den würde sie schon schaffen, auch ungesehen. Zudem hatte ihr die letzte Tat den nötigen Drive gegeben.

Neben dem Wagen blieb sie stehen und legte ihre Hände auf den oberen Holm der Tür. Bis zum Rand der Klippe waren es nur wenige Meter. Anfahren, die Tür offenlassen, sich dann aus dem Wagen werfen und das Auto weiterrollen lassen.

Das sah im Film immer so einfach aus. In der Wirklichkeit konnte sie nichts wiederholen, da mußte sie es beim ersten Mal schaffen. Das Töten eines Menschen machte ihr nichts aus. Da war sie eiskalt. Nun aber strömte die Nervosität in ihr hoch, und sie merkte auch, daß ihre Knie zitterten.

Carlita legte den Kopf zurück und holte noch einmal tief Luft, als wollte sie Energien für den letzten Schritt tanken. Dann stieg sie mit einer kantigen Bewegung ein.

An den Wagen hatte sie sich längst gewöhnen können. Sie blickte auf ihre Handschuhe. Fingerabdrücke gab es nicht, außerdem würde das Wasser ja vieles verwischen, aber sie war trotzdem vorsichtig und wollte nichts riskieren.

Starten, konzentrieren – dann anfahren!

Der Wagen rollte los. Die Frau mußte sich beherrschen, um die Geschwindigkeit nicht zu steigern. Es kam ihr alles fremd vor. In dieser Lage wirkte sie wie eine Person, die sich auf einer Bühne verloren hatte und nicht wußte, wie sie sich bewegen sollte.

Aber da mußte sie durch!

Das Auto fuhr langsam genug. Und die Tür schwang nicht zu. Immer mehr näherte sich die Frau dem Rand der Klippe. Sie schaute auch nicht auf die Weite des Meeres. Die Konzentration hielt sie umklammert wie ein Gefängnis.

Dann gab sie Gas.

Im selben Augenblick fuhr der Wagen schneller, und Carlita selbst wuchtete sich aus dem Wagen. Sie wußte, daß der Triumph bald stehenbleiben würde, aber hoffentlich nicht vor der Klippe.

Die Vorderräder erreichten den Rand, drehten ohne Haftung in der Luft, aber der Schub war noch da.

Carlita Moreno lag auf dem Boden, starrte nach vorn. Der scharfe Wind ließ ihre Augen tränen, und dann war der rote Wagen plötzlich verschwunden. Er befand sich auf dem Weg in die Tiefe. Er würde an den aus dem Wasser ragenden Klippen zerschellen, und sie würde es nicht hören, weil die lauten Geräusche der Brandung alles überdeckten. Dafür hörte Carlita etwas anderes.

Das Lachen der Erleichterung schallte ihr um die Ohren. Jetzt hatte sie endgültig gewonnen ...

Trotz seiner zwölf Jahre kannte Pablito das Meer, den Strand, die Felsen und auch die kleinen Buchten, die so verschwiegen waren und von der Masse kaum gefunden wurden.

Aber Pablito war derjenige, der den Bleichen aus dem Norden gern den Weg dorthin zeigte, natürlich nur gegen eine entsprechende Gebühr, die immer verschieden hoch ausfiel. Es kam darauf an, ob es Saison war oder nicht.

In den letzten Tagen waren die Geschäfte nicht mehr so gut gelaufen, und der Zwölfjährige überlegte, wie er sein Konto aufbessern konnte. Mit den Rentnern, die jetzt in Scharen eintrafen, war kein großes Geschäft zu machen, da mußte er seinen Geist schon anstrengen und sich etwas anderes einfallen lassen.

Die kleine Bucht würde ihm dabei helfen, in Ruhe über das Thema nachzudenken. Da gab es keine Eltern, die ihn störten, da konnte er den eigenen Gedanken nachhängen.

Hohe Felsen schützten die Bucht zur Landseite hin. Um sie zu erreichen, mußte man schon etwas klettern und auch gelenkig sein. Pablito kannte hier jeden Stein. Geschickt wie eine Gemse war er über die Hindernisse hinweggesprungen, hatte den Sandstrand seiner Minibucht erreicht und sich dort niedergelassen.

Er hockte dort mit hart angezogenen Beinen und hatte beide Hände um die Knie geschlungen. Sein Blick glitt hinaus aufs Meer. Er konnte sich daran nie satt sehen. Das Spiel der Wellen war immer gleich und trotzdem anders.

An diesem Tag war das Wasser nicht so aufgewühlt, denn der nächtliche Wind hatte sich gelegt. Es wehte wirklich nur ein laues Lüftchen, das der Junge genoß, aber er konnte sein Vorhaben nicht in die Tat umsetzen, denn es wollte ihm nicht gelingen, die Gedanken in eine bestimmte Richtung zu lenken.

Was war anders?

Beim ersten Hinschauen nichts, dann aber hatte er das Gefühl, etwas würde auf ihn zukommen, etwas Schreckliches, und er kriegte sogar eine Gänsehaut, obwohl die

Sonne schien. Pablito senkte den Blick. Die Sonne sollte ihn nicht mehr blenden, als er den anrollenden Wellen entgegenschaute. Sie brachten ihm die Grüße des weiten Ozeans mit, in ihnen steckten die Botschaften der Tiefe, als wären sie dazu ausersehen worden, sie den Menschen zu bringen.

Botschaften ...

Pablito stand auf. Da kam eine Botschaft, und die hatte ihn irritiert. Das Meer schwemmte immer wieder irgendwelche Gegenstände an die Strände, das war nicht ungewöhnlich.

Doch jetzt war es anders. Die Wellen brachten etwas Ungewöhnliches mit, spülten es hoch und verschluckten es wieder. Es tauchte wieder auf, dann wieder unter.

Pablito lief den Wellen entgegen. Das junge Gesicht zeigte eine harte Spannung.

Sehr bald umspielte Wasser seine Schuhe, danach die Knöchel, aber das merkte er alles nicht, denn jetzt hatte er gesehen, was ihm das Meer da brachte.

Das war keine alte Schiffsplanke, die irgendwo abgebrochen worden war, nein, dieser Gegenstand hatte damit überhaupt nichts zu tun, denn er hatte einmal gelebt.

Es war ein Mensch!

Pablito ging nicht mehr weiter. Plötzlich zitterte er, und einen Moment später schrie er auf.

Dem Toten fehlte der Kopf!

Das Museum lag in einer ruhigen Seitenstraße des alten Ortskerns, wo die Häuser noch schmal, malerisch und ursprünglich waren und der Besucher vergaß, daß nur eine Steinwurfweite entfernt die Hotelkästen standen.

Der Kollege Salinas fand auch einen Parkplatz neben

einer Laterne, stieg aus und deutete auf die gegenüberliegende Seite. »Dort genau steht es.«

Das Haus war breiter als die übrigen Bauten. Dazu paßte auch der Eingang hinter der Treppe, der von zwei Figuren flankiert wurde. Sie sollten irgendwelche Musen darstellen, aber erkennen konnte ich keine der Figuren.

»Gehen wir hin, John?«

»Sicher. Warum fragen Sie?«

»Es hätte ja sein können, daß Sie noch gern hiergeblieben wären, um zu schauen. Auch das hier ist Spanien und nicht nur der große Rummel, den man oft genug auf den Bildschirmen präsentiert bekommt.«

»Ich kenne beide Seiten.«

In dieser Straße fuhren kaum Autos. So konnten wir die Straße überqueren, ohne Angst haben zu müssen, überfahren zu werden. Etwa auf der Mitte des Kopfsteinpflasters stellte ich die Frage. »Ist das Museum überhaupt geöffnet?«

Salinas grinste. »Für uns schon.«

»Da scheinen Sie ja Einfluß zu haben.«

»Er hält sich in Grenzen«, erklärte er bescheiden.

Ich schaute mir die hohen Fenster an. Das Glas sah schattig aus, denn Sonnenlicht drang kaum in die schmale Straße hinein. Die Stufen waren blank und abgetreten, die Tür hätte auch renoviert werden müssen. Jedenfalls sah ihr Anstrich abgeschabt aus. Die helle Originalfarbe drang durch. Sie erinnerte mich an bleiche Knochen.

Die Tür war verschlossen, aber es gab einen Klingelknopf, den Salinas drückte. Im Innern hörten wir das laute Schellen. Ich warf einen Blick auf das Gesicht des Kollegen, der sich sehr zufrieden zeigte. Das konnten wir auch sein, denn uns wurde geöffnet.

Ein älterer Mann mit hellem Hemd und dunkler Hose

schaute uns für wenige Augenblicke kurzsichtig an, bevor er den Kommissar erkannte und anfing zu lächeln. »Kommen Sie herein.«

»Danke.«

Wir betraten eine Vorhalle, in der eine klamme Kühle herrschte. Die Decke war hoch, grau gestrichen. Es brannte kein Licht, und deshalb waren auch die ersten großen Gemälde an den Wänden erst beim zweiten Hinsehen zu erkennen.

Schon jetzt fand ich heraus, daß sie allesamt sehr düstere Motive zeigten. Da war nichts Fröhliches zu sehen. Auf diesen Malereien konnte sich der Betrachter mit den finsteren Kapiteln der spanischen Geschichte auseinandersetzen.

Salina sprach mit dem Wärter, der zuhörte, auf einen Durchgang deutete und wieder zu seinem Platz ging, wo er sich hinhockte und die Beine ausstreckte.

»Was macht er hier?« fragte ich.

»Er ist so etwas wie ein Aufpasser.«

»Kommen denn Besucher?«

»Nur wenige. Touristen haben dafür keinen Sinn. Die wollen Sand und Wasser. Was unsere Einheimischen angeht, so denken auch sie nicht besser. Aber das soll uns egal sein.«

»Meine ich auch.«

Die anderen Bilder interessierten uns nicht. Antonio Salinas ging schnell, als befürchtete er, etwas zu versäumen. Ich mußte mich anstrengen, an seiner Seite zu bleiben.

Wir erreichten im Erdgeschoß einen der größeren Räume, und mein Kollege blieb kurz hinter der Schwelle stehen. Dann hob er den Arm und wies nach vorn auf die gegenüberliegende Wand, wo das Bild hing, auf das es uns ankam.

Salinas atmete schwer. Er schien mir erregt zu sein und schluckte zudem noch. »Da ist es«, sagte er leise, »an der linken Seite. Es ist das einzige an der Wand.«

Ich nickte und mußte zugeben, daß nicht eben viel zu sehen war. »Können wir kein Licht einschalten?«

»Doch, die Strahler.« Er wies zur Decke, wo nicht einer, sondern gleich vier Strahler an einer Schiene befestigt waren und in verschiedene Richtungen wiesen, um unterschiedliche Bilder auszuleuchten.

Jetzt, wo das Bild angestrahlt wurde, mußte ich zugeben, daß es verdammt beeindruckend war. Es lag einige Monate zurück, da hatte ich Bekanntschaft mit dem Höllenbild gemacht. Dieses hier war anders. Man konnte es mit dem Höllenbild nicht vergleichen, aber trotzdem strahlte es eine ähnliche Düsternis ab. Vielleicht sogar eine intensivere.

»Was sagen Sie, John?«

»Beeindruckend.«

Salinas umfaßte meinen Arm. »Lassen Sie uns näher herangehen.« Er hatte nur geflüstert – wie jemand, der sich in einer gewissen Umgebung fürchtet.

Auf dem blanken Boden waren Schritte zu hören. Der Wärter war zurückgeblieben und hatte uns allein gelassen. In Reichweite blieben wir vor dem Bild stehen, was für mich noch zu nahe war. Um es in seiner Gesamtheit betrachten zu können, mußte ich einen weiteren Schritt zurück.

»Lassen Sie sich Zeit, John«, flüsterte Salinas. »Man muß dieses Motiv auf sich einwirken lassen. Dann denken Sie an die sechs Geköpften und sagen mir bitte dann, ob Sie zwischen diesem Gemälde und den Untaten einen Zusammenhang sehen.«

»Mache ich doch gern.«

Ich hatte mir angewöhnt, ein so großes Bild nach einem

bestimmten Plan anzuschauen. Zunächst interessierte mich der Hintergrund, der zu einem Großteil eine bräunlich schimmernde Dunstfläche aus Nebelschwaden war, hinter der wohl das Licht der Sonne angedeutet war, denn der Nebel zeigte da einen helleren Schein. In ihn hinein wuchsen schmale Bäume. Sie sahen aus wie hohe Tannen oder Fichten, die ihre Nadeln verloren hatten und sehr kahl wirkten.

Der Vordergrund konnte mit gutem Gewissen als ein Schlachtfeld angesehen werden. Auf dem Boden lagen Tote, die allesamt Rüstungen trugen. Sie wurden von Nebelschleiern umwabert. Manche von ihnen hielten noch ihre Waffen in den Händen, unter anderem Schwerter und Lanzen, von denen auch einige im Boden steckten.

Mittelpunkt jedoch war die halbnackte Frau!

Sie wirkte wie eine Kämpferin, die sich für den Tod der am Boden liegenden Krieger verantwortlich zeigte.

Sie hatte lange Haare, die unter einer Kapuze hervorschauten. Ihre Schultern wurden von Metallteilen geschützt. Ketten umschlangen ihren Körper, die ein Netz bildeten.

Das Gesicht begann für den Betrachter erst unter der Stirn, da sie von diesem Kettengeflecht verdeckt wurde. Es war trotzdem nicht uninteressant, wirkte lockend mit den dunklen Augen, fast lasziv.

Ich drehte meinen Blick von diesem Gesicht weg und konzentrierte mich auf ihre Hand.

Salinas hatte mir von einem mächtigen Beil berichtet, und er hatte wirklich nicht übertrieben, denn was ich da zu sehen bekam, war schon phänomenal. So etwas war mir noch nie vor die Augen gekommen, und das sollte schon was heißen.

Da war eine halbrunde Klinge, die mich an ein übergroßes Pendel erinnerte. Wer davon getroffen wurde, hatte nicht den Hauch einer Chance. Dieses Mordwerkzeug spaltete gleich drei oder vier Körper gleichzeitig, wenn es wuchtig genug geschlagen wurde.

Eine Kopfjägerin, dachte ich, denn den Beweis dafür trug sie in der rechten Hand. Da umklammerten die Finger das lange, dunkle Haar eines Schädels, den sie von irgendeinem Körper abgeschlagen hatte. Ich konnte auch das Gesicht sehen. Es sah scheußlich aus. Mitleid mit dem Geköpften kam nicht auf, denn diese Person mußte verdammt wild und brutal gewesen sein. Noch immer stand dieser böse Ausdruck in den Zügen wie eingemeißelt. An der Unterlippe hingen Speichelfäden.

»Was sagen Sie, John?« Salinas' Stimme riß mich aus meinen Betrachtungen.

»Es ist schwer«, gab ich zu. »Beeindruckend ist es schon. Egal, auf welche Art und Weise. Hat dieses Bild denn auch einen Namen?«

»Die Kopfjägerin.«

»Stimmt sogar.«

»Wer es gemalt hat, weiß ich nicht, aber es gibt eine Geschichte dazu. Angeblich hatte diese Person vor einigen hundert Jahren hier gelebt. Das heißt, nicht direkt hier. Sie trieb ihr Unwesen in den Bergen und schaffte es, mit dieser mörderischen Waffe die Männer zu enthaupten.«

»Wenn sie gelebt haben soll«, führte ich den Gedankengang meines Kollegen fort, »hat diese Person dann auch einen Namen? Oder wird sie einfach nur als Kopfjägerin bezeichnet?«

»Sie heißt Carlita de los Arrancha.«

»Interessant.«

»Für den Maler schon.«

»Und jetzt auch für uns.«

Salinas lächelte mich an. »Soll das eben eine Frage gewesen sein, oder war es eine Feststellung?«

»Das überlasse ich Ihnen, Antonio. Schließlich haben Sie mich hergeführt.«

»Stimmt.«

»Ein privater Besuch.«

»Das ist auch richtig. Ich wollte damit einen unkonventionellen Weg einschlagen.« Er gab sich etwas verlegen. »Hätte ich die Kollegen eingeweiht, die hätten mich für verrückt gehalten.«

»Davon einmal abgesehen, ich weiß aber auch nicht, worauf Sie hinauswollen. Oder sind Sie der Ansicht, daß wir hier die gesuchte Mörderin gefunden haben?«

Ich hatte keine konkrete Antwort erwartet und bekam auch nur eine Frage. »Was meinen Sie denn?«

»Wenn ich diesen Gedanken weiter verfolgen würde, dann müßte ich sagen, daß diese Frau plötzlich aus dem Bild steigt und wieder auf Mördertour geht. Oder?«

Er ließ sich Zeit.

»Ja, so ähnlich schon.«

»Was soll ich tun?«

»Ihren Gefühlen nachgehen. In sich hineinhorchen. Ich habe mich zuvor über Sie erkundigt, John, ich weiß etwas, aber nicht viel aus Ihrem beruflichen Leben. Sie sind der Mensch, der gewissen Dingen sehr objektiv gegenübersteht und auch das Ungewöhnliche nicht ausschließt. Deshalb habe ich mich an Sie gewandt, um auch Ihre Meinung hören zu können. Bei einem anderen Kollegen hätte ich das nie gewagt, aber das habe ich Ihnen schon alles gesagt.«

»Mörderin«, murmelte ich. »Wenn es so ist, wie Sie gemeint haben, dann müßte diese Person, diese gemalte Köpferin, ja in der Lage sein, aus dem Bild klettern zu können. Sie müßte lebendig werden.« Ich hatte ihn bei dieser Antwort angeschaut und wartete auf eine Reaktion.

Antonio Salinas sagte zunächst nichts. Er starrte nur auf seine Fußspitzen und hob die Schultern. »Ich weiß nicht, was in dieser Welt möglich ist und was nicht. Aber ich würde mich nicht wundern, wenn so etwas geschähe.«

»Ist das Ihre Lösung?«

»Eine unwahrscheinliche, wie?«

»Das gebe ich zu.«

»Haben Sie schon mit solchen Dingen zu tun gehabt? Mit lebenden Bildern?«

»Ja.«

Die Antwort hatte ihn geschockt oder erschreckt, denn er zuckte zusammen und blieb zunächst stumm. Es dauerte eine Weile, bis er die Sprache wiedergefunden hatte. Dann wies er auf das Bild und fragte mich: »Können Sie denn so etwas testen? Ich meine, können Sie herausfinden, ob etwas Unheimliches darin steckt?«

»Sie meinen, ob die Frau nicht nur eine gemalte Person ist, sondern echt, wie auch immer?«

»Ja.«

Er hatte sich erleichtert angehört, wie jemand, der sich in der eigenen Meinung bestätigt fühlte. Dann schaute er zu, wie ich mein Kreuz hervorholte. Es war der alte Test, denn es stimmte. Ich hatte schon des öfteren mit dämonischen Bildern zu tun gehabt und auch erlebt, daß die Motive nicht so tot waren, wie sie auf den Betrachter wirkten.

Das Kreuz schimmerte in meiner Hand. Es erwärmte sich nicht, als ich mich dem Bild näherte, den Arm ausstreckte und dann mit dem Kreuz über die Leinwand hinwegfuhr.

Keine Reaktion!

Kein Aufblitzen. Keine Veränderung am Motiv des Bildes. Nichts bewegte sich. Die Kopfjägerin blieb ebenso starr wie die neben ihr liegenden Erschlagenen.

Ich drehte mich wieder um und sah den Schweiß auf dem Gesicht meines Kollegen. »Und?«

»Nichts.«

»Was meinen Sie damit?«

»Daß ich keinen anderen Einfluß gespürt habe. Keine Magie, wenn Sie verstehen.«

»Wie hätte es ausgesehen, wenn es anders gewesen wäre?«

Ich hob die Schultern. »Das ist schwer zu sagen. Ob diese Person nun aus dem Bild gestiegen wäre oder nicht, ich weiß es nicht. Ich möchte es auch nicht behaupten und ...«

Es mußte passieren. Es hätte auch nicht anders sein können. Was nun geschah, das hatte mit dem Gemälde nichts zu tun, denn das Handy meines spanischen Kollegen meldete sich, und beide schraken wir leicht zusammen, denn daran hatten wir nicht gedacht.

Der Kollege entschuldigte sich, bevor er sich meldete und etwas zur Seite ging. Ich ließ ihn dabei nicht aus den Augen. Obwohl er nichts sagte und ich nur auf sein Gesicht achtete, wußte ich Bescheid, daß er keine gute Nachricht erhalten hatte, denn er war plötzlich sehr bleich geworden, schluckte, räusperte sich und flüsterte eine Antwort, die ich ebenfalls nicht verstand. Er hörte wieder zu, bejahte einige Male die gestellten Fragen und steckte das Handy wieder weg. Dann rieb er über sein rechtes Auge, als er auf mich zukam.

»Was ist los?«

Salinas hob die Schultern. »Es sind keine sechs Leichen mehr, John. Es sind sieben geworden.«

»Bitte?«

»Die siebte Leiche wurde an den Strand geschwemmt. – Ein Junge hat sie gefunden. Die Wellen trugen den Torso vor seine Füße. Tut mir leid.«

»Das braucht Ihnen nicht leid zu tun. Jedenfalls wissen wir, daß die Kopfjägerin wieder unterwegs ist.«

»Das stimmt.«

»Aber nicht sie«, sagte ich und deutete auf das Bild. »Oder sind Sie noch immer der Ansicht?«

»Nein, wohl eher nicht.« Er deutete auf das Gemälde. »Ich glaube, wir können es vergessen.«

Der Ansicht war ich auch. Ich fragte mich mittlerweile, warum mich der Mann hier in das Museum gebracht hatte, aber ich behielt die Worte zunächst für mich und stellte statt dessen eine andere Frage. »Müssen Sie nicht zum Fundort der Leiche, Antonio?«

»Nein, das übernehmen die Kollegen der Sonderkommission. Ich bin ja nicht der einzige.«

»Vielleicht sollte ich mir den Toten anschauen. Weiß man schon, wie er heißt und ...?«

»Noch nicht. Die Untersuchung steht noch bevor. Man hat mich nur benachrichtigt.« Er schaute wieder auf das Bild und sah danach mich an, Skepsis im Blick.

»Was denken Sie, Antonio?«

Sein Lächeln fiel mager aus. »Ich versuche soeben, mich in Ihren Gedankengang hineinzuversetzen.«

»Oh, das ist ungewöhnlich.«

»Nein, finde ich nicht. Sie werden sich fragen, weshalb ich Sie in dieses Museum geschleppt habe?«

»Das allerdings. Kompliment. Bisher haben wir nichts erreichen können. Das gebe ich gern zu.«

»Es geht auch nur indirekt um dieses Gemälde, weil andere Dinge wichtiger sind.« Salinas ließ sich Zeit und kratzte mit dem Nagel des rechten Zeigefingers über seine Stirn. »Das Bild ist natürlich außergewöhnlich.

Jeder gibt es zu. Besonders fällt die Frau auf, aber ich selbst sehe sie nicht als einzigartig an.«

»Sondern?«

»Haben Sie den Namen behalten?« fragte er mich.

»Sicher.«

»Gut, Sie brauchen ihn nicht zu wiederholen. Ich kenne jemanden, der so ähnlich heißt. Da stimmt der Vorname mit der Frau auf dem Bild überein, nämlich Carlita, aber der Nachname der Frau, von der ich sprach, lautet Moreno.«

»Aber diese Person ist kein Gemälde ...«

»Nein, nein.« Schon wild schüttelte Salinas den Kopf. »Das ist sie auf keinen Fall. Sie lebt hier in der Nähe. In einem prächtigen Haus oben auf den Klippen. Sie ist eine attraktive und noch junge Witwe. Sie hatte einen gewissen Moreno geheiratet.« Er atmete tief durch. »Wenn Sie diese Person jedoch sehen, John, dann werden Sie große Augen bekommen.«

»Warum?«

Antonio Salinas deutete auf das Bild.

»Weil Carlita Moreno mit dieser Köpferin Carlita de los Arrancha identisch ist.« Er hob die Schultern. »Oder fast.«

Ich schwieg, weil ich so überrascht war. Noch einmal schaute ich mir das Bild an. Gut, ich kannte nur sie, und ich mußte dem Kollegen glauben. Es hätte mich auch gewundert, wenn er mir nur dieses Bild hätte zeigen wollen.

»Was denken Sie jetzt, John?«

»Gute Frage.« Ich ging bei meinen Worten auf und ab. »Ist das auch Ihre private Meinung gewesen?«

»Das denke ich.«

»Davon wissen die Kollegen ...?«

»Nein, nichts.«

»Aber Sie kennen diese Carlita Moreno und haben auch schon mit ihr gesprochen?«

»Natürlich.«

»Welchen Eindruck hat sie auf Sie gemacht?«

»Sie ist eine wunderschöne Frau. Ein Vollweib. Jemand, dem die Leidenschaft in den Augen steht. Ich war wie von den Beinen geschlagen, als ich sie sah.«

»Wie gut kennen Sie die Person?«

»Nicht besonders.«

»Aber Sie halten die Moreno durchaus für eine Mörderin, sage ich mal.«

Er wand sich. »Ob sie es ist«, brachte er schließlich hervor, »kann ich Ihnen nicht sagen, aber ich möchte wirklich alle Spuren genau verfolgen. Ich will nichts auslassen. Diese Ähnlichkeit ist beeindruckend.« Er wies wieder auf das Bild. «Für mich ist diese Person dort keine Legende. Sie hat damals gelebt, und Carlita Moreno lebt heute. Da muß es über Jahrhunderte hinweg eine Verbindung geben oder gegeben haben. Auch wenn ich keine Einzelheiten weiß, aber ich gehe davon aus.«

»Wie lange kennen Sie die Person schon?«

»Einige Wochen.«

»Gut, Antonio. Und wie sind Sie auf sie gekommen? War es nur ein Zufall? Oder geschah dies im Laufe der Ermittlungen?«

»Mehr Zufall. Ich war eingeladen, und auf diesem Fest habe ich sie gesehen. Das Bild kannte ich schon länger. Ich war geschockt, als ich die frappierende Ähnlichkeit entdeckte.«

»Das kann ich mir vorstellen. Haben Sie denn Nachforschungen in diese Richtung hin betrieben?«

»Vereinzelt. Die Kollegen sollten nichts merken. Sie hätten mich auch da für verrückt erklärt.«

»Was ist herausgekommen?«

»Nichts, was die Frau verdächtig gemacht hätte. Ich habe nur gesehen, wie sie umschwärmt wurde. Sie war der große Mittelpunkt. Man liebte sie, jeder Mann wollte in ihrer Nähe sein, und sie gab sich wirklich wie eine Partylöwin. Sie sprach mit allen Gästen, war zu jedem gleich freundlich, ob Mann oder Frau . . .«

»Und sie ist Witwe?« unterbrach ich den Redeschwall des Kollegen.

»Ja.«

»Darf ich fragen, wie der Mann dieser Person ums Leben kam?«

Er fing leise an zu lachen. »Denken Sie daran, daß er geköpft worden ist?«

»Ausschließen kann man nichts.«

»Da haben Sie recht, aber Moreno kam auf eine natürliche Weise um. Er war wesentlich älter als seine junge, schöne Frau und hat einen Herzschlag bekommen. Ob Carlita ihm zu anstrengend gewesen war, weiß ich nicht, aber geköpft wurde er nicht. Die gute Carlita hat einiges geerbt, auch das prächtige Haus, das sich beim Tod ihres Mannes noch im Bau befand und später erst fertiggestellt wurde. Er hat es nie zu Gesicht bekommen.« Salinas zog ein etwas betrübtes Gesicht. »Manchen Menschen gibt es der liebe Gott im Schlaf.«

»Beneiden wollen wir sie nicht. Sie haben mir jetzt von dieser Person berichtet und mich neugierig gemacht. Ich möchte mich nicht in Ihre Belange einmischen, aber ich könnte mir vorstellen, daß Sie zu Ihren Kollegen müssen.«

»Das auf keinen Fall. Ich habe es Ihnen schon erklärt. Ich brauche nicht dabeizusein.« Er hob für einen Moment seine Hände. »Ich habe praktisch frei und kann tun und machen, was ich will. Außerdem muß ich mich um Sie, meinen Gast, kümmern.«

Ich ahnte, worauf er hinauswollte, und fragte trotzdem: »Was haben Sie jetzt vor?«

»Wenn es Ihnen recht ist, könnten wir dieser Carlita Moreno einen Besuch abstatten.«

»Das wäre mir sogar sehr recht.«

»Schön, wann sollen wir fahren?«

»Ich möchte nur noch kurz in mein Hotel, um mich etwas frisch zu machen. Danach steht der Reise nichts mehr im Weg.«

»Wunderbar, Kollege . . .«

Die Zugehfrau hatte ihre Tochter mitgebracht, denn beide Frauen hatten einen Teil der Räume gründlich gereinigt, wozu auch das Wohnzimmer mit dem prächtigen Blick nach draußen zählte.

Carlita Moreno war das alles sehr recht gewesen. Sie gehörte zu den Menschen, die Ruhe brauchten, denn die letzten Stunden der Nacht waren doch etwas hektisch gewesen.

Das hatte am Rückweg gelegen, den sie tatsächlich zum Großteil zu Fuß zurückgelegt hatte, und das immer so, daß sie nicht gesehen werden konnte, denn sie hatte sich abseits der Straßen gehalten.

Das Glück war ihr trotzdem hold gewesen, denn in einer kleinen Fischersiedlung, deren Bewohner im tiefen Schlaf lagen, hatte sie ein Fahrrad stehlen können.

Damit war sie weitergefahren. Kurz vor dem Ziel hatte sie sich versteckt und war den kleinen Rest der Strecke zu Fuß gelaufen. Hinein in ihre jetzt still gewordene Welt, denn auch in den übrigen Häusern der Nachbarschaft wurde nicht mehr gefeiert.

Gegen halb vier hatte sie dann endlich ihr Haus erreicht und sich ins Bett legen können. Nach einer kurzen Dusche. So etwas tat ihr immer sehr gut, denn die Strahlen wuschen jedesmal die Erinnerung an die schreckliche Tat weg.

Dennoch hatte sie im Bett liegend darüber nachdenken müssen. So knapp wie diesmal war es selten gewesen, auch anstrengend. Im Kino sah es immer so leicht aus, wenn jemand einen Wagen über die Klippen fuhr. In der Realität war es schon ein Problem.

Aber sie fühlte sich auch bestätigt, daß sie es geschafft hatte, und sie freute sich auf den nächsten Tag.

Die Sonne war schon aufgegangen, als Carlita endlich einschlief. Auf ihre Zugehfrau konnte sie sich verlassen. Sie hatte sogar einen Schlüssel für das Haus. Zudem wurde sie sehr gut entlohnt, und sie war verschwiegen.

Carlita verschlief den Morgen. Sie lag in ihrem großen Bett und wirkte so entspannt wie ein Kind. Erst gegen Mittag wachte sie zum erstenmal auf, blinzelte ein wenig, fühlte sich noch schlapp und schlief wieder ein.

Nach einer Stunde weckte sie ein vorsichtiges Klopfen an der Schlafzimmertür. Noch immer halb weggetreten meldete sich Carlita, und Maria trat ein. Sie war eine ältere Frau mit einem ziemlich großen Körperumfang, trug einen weißen Kittel und hatte das dunkle Haar hochgesteckt, das von roten Klammern in Form gehalten wurde.

Maria schaute auf das Bett, wo sich Carlita soeben aufrichtete und ihre Augen rieb.

Sie trug ein dünnes Nachthemd aus Seide, das von ihrer dunkleren Haut abstach.

»Buenos tardes, Señora«, begrüßte Maria ihre Chefin. »Ich hoffe, daß ich nicht ungelegen komme, aber Sie haben selbst mal gesagt, daß ich Sie wecken soll, wenn wir vierzehn Uhr haben und . . .«

»Schon gut, Maria, schon gut. Sie brauchen sich nicht

immer zu entschuldigen. Ist es denn wirklich schon so spät?«

»Ja, die Uhren lügen nicht.«

Carlita streckte sich. »Ha«, sagte sie und lächelte dabei breit. »Ich habe wunderbar geschlafen. Die Stunden waren eine richtige Wohltat für Geist und Körper.«

»Das glaube ich Ihnen. Ist es spät geworden?«

»Nein«, erwiderte Carlita lachend. »Sehr früh.«

»Aha.« Maria hatte verstanden. »Ich wollte Sie auch fragen, ob ich Ihnen ein Frühstück oder einen kleinen Imbiß zubereiten kann.«

Carlita überlegte nicht lange. »Das ist zwar sehr nett von Ihnen, aber Hunger habe ich keinen. Ich werde mir selbst etwas machen, wenn es soweit ist.«

»Gut.«

»Wie weit sind Sie?«

»Meine Tochter wischt nur noch das Bad.«

»Ah, das ist gut.« Ihre beiden Zugehfrauen duften hinein, anderen war der Zutritt verwehrt. »Wenn Sonja fertig ist, können Sie auch gehen. Für heute haben Sie genug getan.«

»Danke sehr.«

Carlita Morena saß jetzt aufrecht im Bett. »Ist sonst noch etwas passiert? Anrufe oder so?«

»Nein, nicht mal Post.«

Carlita lächelte. »Das ist gut.« Sie dachte daran, daß der Tote sicherlich schon angeschwemmt worden war. Aber nichts hatte in ihre Richtung gewiesen, und sie freute sich darüber. Die Polizisten würden wieder einmal durchdrehen oder sonst was tun. Jedenfalls konnte sie abwarten, bevor sie sich das nächste Opfer suchte, um mit ihrer Ahnherrin gleichzuziehen.

»Ich werde jetzt aufstehen, mich duschen, dann sehe ich weiter. Bleiben Sie währenddessen noch hier.«

»Sicher, Señora.«

Als Maria den Raum verlassen hatte, rieb Carlita ihre Hände. Die Augen glänzten in wilder Freude. Wieder einmal war alles nach Plan gelaufen, wieder stand sie an der Spitze, und es gab keinen, der sie hätte stürzen können.

Sie stand auf.

Über einer Stuhllehne hing ihr dünner Morgenmantel aus Seide, den sie überstreifte. Sie ließ das Rollo halb hochfahren und schaute nach draußen.

Das Schlafzimmerfenster lag an der Seite des Hauses. Da mußte Carlita schon den Kopf drehen, um das Meer sehen zu können und auch einen Ausschnitt der felsigen Küste.

Da hatte sich nichts verändert. Sie konnte sich einfach nur wohl fühlen, und darauf kam es ihr an.

Unbesiegbar sein. Den anderen immer einen Schritt voraus. Sich vom Geist der Ahnherrin treiben zu lassen und eingebunden sein in der Welt, die sie sich geschaffen hatte.

Mit diesem Bewußtsein ging sie unter die Dusche. Den kleinen Raum konnte sie direkt vom Schlafzimmer aus erreichen.

Dort genoß sie die heißen Strahlen, die entspannende Wirkung des Wassers, trocknete sich anschließend ab und cremte ihren Körper ein.

Sie fühlte sich super. Sowohl äußerlich als auch in ihrem Innern, und sie war wie aufgedreht, als sie in dem Schlafzimmer vor dem Kleiderschrank stand und sich heraussuchte, was sie anziehen wollte.

Carlita entschied sich für eine lockere Kleidung. Ein helles Sweatshirt und rote Jeans, die sehr eng saßen und ihren perfekten Unterkörper wie ein Etui umschlossen. Das Haar hatte sie nur kurz gefönt. Die noch nassen

Locken umhingen ihren Kopf wie feuchte, kleine Korkenzieher.

Wenn sie frühstückte, dann in der geräumigen, gefliesten Küche. Ein Kaffee war jetzt wichtig. Sie mochte ihn schwarz und sehr heiß. Ohne Zucker, ohne Milch. Minuten später saß sie an dem klobigen Bauerntisch, hielt die große Tasse mit beiden Händen fest und trank sie langsam leer.

Wieder erschien Maria. Sie hatte ihren Kittel ausgezogen und trug nur noch ein weitgeschnittenes blaues Kleid mit weißen Knöpfen. »Ich werde dann jetzt gehen.«

»Sehr schön, danke. Bekommen Sie noch Geld?«

»Nein, Señora, da rechnen wir später ab.«

»Gut, bis morgen. Sollte mir etwas dazwischenkommen, sage ich Ihnen Bescheid.«

»Gern. Schönen Tag, Señora.«

»Ihnen auch, Maria.«

Wenig später hörte Carlita das Zuschlagen einer Tür und auch den Motor des kleinen Fiats. Mutter und Tochter waren weg. Carlita blieb in ihrem großen Haus allein zurück.

Im Gegensatz zu vielen Frauen langweilte sie sich nicht. Sie fühlte sich sogar sehr wohl und konnte gut auf Besuch verzichten. Die Tasse leerte sie in aller Ruhe, stellte sie auf die Spüle und wollte die Küche verlassen, als das Telefon tutete.

Im Haus verteilt gab es mehrere Anschlüsse, so auch in der Küche. Carlita hob ab und brauchte sich nicht mal zu melden, denn eine ihr bekannte Stimme berichtete ihr von dem neuen Leichenfund.

Die Frau hörte sehr genau zu, bevor sie eine Frage stellte. »Gibt es Hinweise auf mich?«

»Nein.«

»Das ist sehr gut.«

Sie sprach noch ein wenig länger mit dem Anrufer, lachte dann und legte schließlich auf. Es lief alles wie nach Plan. Da mußte sie den Mächten der Finsternis direkt dankbar sein, die ihren schützenden Mantel über ihr ausgebreitet hatten.

Sie schaute auf ihre Uhr.

Es war Zeit genug. In aller Ruhe und Gelassenheit konnte sie gewisse Dinge vorbereiten. Zunächst aber wollte sie ihren ›Freunden‹ einen Besuch abstatten, um sich dort die Kraft zu holen, die sie für den Abend brauchte.

Das war ihre Zeit.

Denn der neue Plan hatte sich bereits in ihrem Kopf festgesetzt. Sie war sich nur noch unschlüssig darüber, wie sie ihn ausführen sollte ...

Ich wohnte in einem älteren kleinen Hotel. Kein Luxus, aber viel Plüsch, durchaus sauber. Nur die Matratze hätte mal ausgewechselt werden müssen. Auf ihr saß ich, als ich mit London telefonierte. Die Freunde dort wollten ein Lebenszeichen von mir hören.

Mit Glenda Perkins hatte ich schon gesprochen, die mich beneidete und zweimal gefragt hatte, welche Techtelmechtel ich schon mit den heißblütigen Señoritas angefangen hatte.

»Bisher keine.«

»Aha.«

»Ich kenne nur den Kollegen Salinas. Aber ich habe trotzdem eine wilde Frau gesehen.«

»Also doch.«

»Ein Gemälde.«

»Hör auf, John, das glaube ich dir nicht, aber ich werde dich mit Suko verbinden.«

»Tu das.«

»Und viel Spaß noch.«

»Mit sieben kopflosen Toten?« fragte ich.

Da schwieg Glenda und verband mich weiter.

Suko kam ohne Umschweife auf das Fachliche zu sprechen und meinte, als er meinen Bericht gehört hatte: »Da haben die Kollegen ja wohl den Richtigen geholt.«

»Mal abwarten, denn bisher ist mir noch kein Coup gelungen.«

»Hast du eine Spur?«

»Auch nicht. Nur dieses Bild.«

»Ein normales?«

»Sicher. Kein Tor in eine Dimension, das hab ich schon getestet.«

»Wie kommst du mit Salinas klar?«

»Auch gut«, sagte ich. »Er wird mich mit der Person zusammenbringen, die ich auf dem Bild gesehen habe. Aber die Einzelheiten habe ich dir schon genannt.«

»Richtig. Jetzt will ich dich nur noch nach deinem Gefühl fragen. Wie siehst du die Zukunft?«

»Ich weiß es nicht.«

»Denk immer daran. Wer sieben Männer köpft, der macht auch vor einem achten nicht halt.«

»Du meinst mich damit?«

»Wen sonst?«

»Keine Sorge. Meinen Kopf möchte ich noch für eine Weile behalten. Ich werde dann morgen wieder anrufen, wenn ich den Besuch bei dieser Carlita Moreno hinter mich gebracht habe.«

»Kann sie es sein?«

»Alles, was ich weiß, ist einfach nichts. Grüß die anderen, Suko, und laß dich nicht von einem Vampir beißen.«

»Noch ist Shao normal«, erklärte er.

Ich lachte und legte auf. Es war wirklich ein ungewöhnlicher Fall, und ich kam mir dabei vor wie die Katze, die um den heißen Brei herumstreicht, dabei ihre Kreise enger zieht, ohne jedoch diesen Brei zu essen. Es war nichts zum Anfühlen dabei. Ich hatte viel gehört, aber wenig erfahren. Gut, es gab jetzt sieben kopflose Leichen, das mußte ich auch akzeptieren, aber von einem Täter fehlte uns jede Spur. Der war verschwunden, entwischt, abgetaucht, das wußte ich.

Nur das Bild.

Ich holte es mir wieder ins Gedächtnis zurück und dachte dabei an die Erfahrungen, die ich mit ähnlichen Bildern gemacht hatte, wovon manche zwar sehr echt aussahen, aber im Prinzip keine Bilder waren, sondern geheime Zugänge in andere Dimensionen.

Bei diesem war das nicht der Fall gewesen. Dennoch strahlte das Bild etwas ab, das bei mir ein ungutes Gefühl hinterlassen hatte. Es lag einfach an diesem Motiv. Da stand diese Frau im Vordergrund, eine Kriegerin, eine Person, die einzig und allein darauf aus war, den Tod und die Gewalt zu verbreiten.

Carlita de los Arrancha.

Welch ein Name!

Ich hätte gern mehr über sie gewußt und auch über die Zeit, in der sie gelebt hatte, aber der gute Salinas hatte mir dabei auch nicht helfen können, schließlich war er kein Historiker.

Auf der anderen Seite war ich froh, daß wir als Polizisten auch hier in Spanien einen unkonventionellen Weg beschritten. Weg von den normalen Ermittlungen, etwas Kreativität in die Aufklärung hineinbringen, auch wenn nicht sicher war, daß wir uns auf der richtigen Spur befanden.

Es wurde Zeit, daß sich der Kollege meldete, er hatte noch mit seiner Dienststelle sprechen wollen. Unten in der kleinen Halle wollten wir uns treffen. Ich verließ mein Zimmer, nahm die Treppe, die ziemlich düster war, und hatte den Eingangsbereich kaum erreicht, als ich den dunkelblauen Seat sah, der vor dem Haus stoppte.

Es war Salinas' Dienstwagen. Der Kommissar stieg schnell aus. Er brauchte nicht erst durch die Drehtür zu gehen, ich war schon bei ihm.

»Alles klar?« fragte er mich und lächelte.

»Ja, bei Ihnen auch?«

Er nickte. »Ich habe mit einem Kollegen gesprochen. Sie beschäftigen sich bereits mit der Leiche, die noch nicht so lange im Wasser gelegen hat. Eines haben sie in der Kürze der Zeit schon herausfinden können: Der Mann wurde nicht mit einem Schwert geköpft.«

»Dann bleibt das Beil«, sagte ich und dachte wieder an das schaurige Bild.

»Sehr richtig.«

»Ist der Tote mittlerweile identifiziert worden?«

Salinas nickte. Er bot mir ein Pfefferminz an, das ich auch nahm, steckte sich selbst eines in den Mund und sagte: »Er heißt Juan Perez.«

Ich hob nur die Schultern. »Der Name sagt mir nichts. Ihnen denn?«

»Nein, aber ein Durchschnittsbürger wird er nicht gewesen sein.«

»Wieso das?«

»Bisher zählten alle Opfer zu den Typen, die mit der gesellschaftlichen Mittelschicht nicht viel zu tun haben. Das waren die Schaumacher, reiche Nichtstuer, die man auf den Parties der ›Beautiful People‹ findet.«

»Warum nur sie?«

»Das frage ich mich auch. Vielleicht verfolgt der Täter oder die Täterin diese Personengruppe mit irgendwelchen Rachegefühlen. Wer kann das schon wissen?«

Ich stimmte ihm zu. Über das Motiv war nach wie vor der Mantel der Dunkelheit gebettet. Ich konnte nur hoffen, daß wir ihn lüften würden.

»Fahren wir?« fragte Salinas und schloß die Wagentür auf.

»Gern.« Ich stieg ein, schnallte mich an und sagte: »Auf diese Person bin ich wirklich gespannt.«

»Das dürfen Sie auch, John. Und Sie werden mehr als erstaunt über die frappierende Ähnlichkeit sein.«

»Eine Frage noch, Antonio: Ist Carlita Moreno für Sie die siebenfache Köpferin?«

Salinas hob die Schultern. »Nichts weiß man, John, gar nichts . . .«

Die Treppe lag bis auf zwei Stufen hinter ihr, und wieder umgab Carlita die kühle und nach Verwesung riechende Luft, durch die das Spiel aus Fackellicht und Schatten tanzte, als wären Riesenvögel dabei, durch die Enge des Ganges zu fliegen.

Ein vorsichtiger Mensch wäre freiwillig nicht in dieses Gewölbe hineingegangen, aber Carlita war nicht mit normalen Maßstäben zu messen. Sie fühlte sich wohl mit ihren toten Beweisstücken, die sie auf einen Altar gestellt hatte, um sie derjenigen Person zu opfern, der sie nacheiferte.

Die Nische war etwa einen Meter tief in die Wand hineingehauen worden. Eine Rückseite aus ebenfalls dunklem Gestein, allerdings mit helleren Einschlüssen versehen, die manchmal fingerdick durch den schimmernden Fels liefen.

Carlita schaute über die Köpfe hinweg. Sie hatte sich auf eine Fußbank gestellt, um einen besseren Sichtwinkel zu haben. So konnte sie über die unterschiedlichen Köpfe hinweg bis zur Wand blicken, auf der sich nur das wellige und glatte Gestein mit den helleren Einschlüssen darin abmalte.

Carlita konzentrierte sich auf die Wand. Sie hielt die Augen halb geschlossen, stand auf der Fußbank völlig bewegungslos, legte die Arme gekreuzt vor ihre Brust und drapierte ihre Hände auf beide Schultern. So hatte sie die Haltung einer betenden Priesterin angenommen, denn so ähnlich fühlte sie sich auch: als eine Priesterin des Bösen.

Ihr Blick war kalt, obwohl er so verhangen wirkte. Sie starrte auf die Nischenwand, die für sie so etwas wie die Rückseite eines Altars war, der mit schaurigen Einzelheiten geschmückt war. Die mehr oder weniger verwesten Köpfe bewegten sich nicht, obwohl es manchmal so aussah, wenn das Licht der Fackel darüber hinwegglitt und kurz die leeren Augenhöhlen füllte.

Carlita wartete.

Sieben Köpfe hatte sie bereits als Opfergabe hingelegt. Noch ein Kopf fehlte, um die ›Größe‹ der Ahnherrin zu erreichen. Sie hatte sich ihr verschrieben, denn sie wußte, wie mächtig Carlita de los Arrancha damals gewesen war.

Viele hatten sie als Magierin angesehen, weil sie viel wußte und die alten Geheimlehren aus dem Orient in sich aufgesaugt hatte. Sie war nach Spanien gekommen, um die Menschen auf ihre Art und Weise aufzuklären, aber die Leuten waren unbelehrbar gewesen. Sie hatten Carlita verteufelt und unter dem Schutz der Kirche zum Kampf gezwungen, den sie nicht hatte gewinnen können, trotz der zahlreichen Opfer.

Nach außen hin hatte sie auch nicht gewonnen. In Wirklichkeit aber war sie die eigentliche Siegerin, das bewies schon die Existenz ihrer Nachkommen. Carlita lächelte, als sie vor dem makabren Altar stand. Auch der letzte Kopf würde noch zu den sieben anderen passen, dann war ihr Ziel erreicht, und die Macht der alten Carlita würde auf sie übergehen.

Sie ›sprach‹ mit ihr.

Es waren mehr Gedanken, die ihr Kopf produzierte und gegen die Felswand schickte. So grau und leblos sie auch aussah, Carlita wußte es besser. In ihr befand sich die Kraft, die bald auch sie erfüllen würde, und sie stellte sich vor, wie Carlita auf dem Bild zu sehen war.

Eine wilde Kriegerin. Unheimlich anzusehen und zugleich faszinierend. Gewalt und Erotik vereinigten sich in diesem Gemälde. Wer sich davon nicht faszinieren ließ, der mußte kalt wie Stein sein, und das war Carlita keinesfalls.

Zeit verstrich, aber Carlita achtete nicht darauf. Sie hatte ihre Umwelt einfach vergessen. Sie stand auf der Bank und wirkte so, als wäre sie in eine tiefe Trance gesunken, wobei sie von einem nicht sichtbaren Seil gehalten wurde, damit sie nicht von der Fußbank rutschte.

Ihr Geist tauchte ab. Sie beschäftigte sich gedanklich mit der Vergangenheit und stellte sehr bald fest, daß es nicht nur die Gedanken waren, die sie dorthin brachten, denn sie fühlte zum erstenmal nach ihren Taten den Kontakt mit dem oder mit der anderen.

Es gab sie. Und sie zeigte sich aufgeschlossen. Sie wußte genau, wo es langging. Die andere Seite kannte sich aus.

Die Ahnherrin hatte den Ruf gehört. Sie war auch bereit, ihm zu folgen, und sie würde ihren Schutzmantel ausbreiten.

Carlita spürte die Kälte und die Hitze zugleich in ihrem Körper. Beides durchrann sie als wechselnde

Schauer, und der Druck in ihrem Innern nahm immer mehr zu.

Sie hatte das Gefühl, es wäre etwas durch die Poren der Haut in sie hineingekrochen, um von ihr Besitz zu ergreifen.

»Bist du es?« Sie hatte die Frage geflüstert, aber die Antwort ließ auf sich warten.

Hitze, Kälte – ein leichter Schüttelfrost ...

»Melde dich doch ...«

Wer immer sie umwehte und sich leider nicht zeigte, er blieb verschwiegen, aber er gab Carlita das Gefühl, trotz allem nicht allein zu sein.

Die sieben Männer waren nicht grundlos gestorben. Sie hatten die Verbindung hergestellt. Ihr Tod hatte die Brücke zwischen der Vergangenheit und der Gegenwart aufgebaut.

Carlita Moreno hörte sich atmen. Das Geräusch drang zischend aus ihrem Mund. Die Wand vor ihr lag so starr hinter den aufgereihten Totenköpfen, und doch hatte Carlita den Eindruck, als wäre sie dabei, sich zu bewegen.

Weichte sie auf? Nahm das Gestein eine andere Form an? War es dabei, durch die Kräfte der Vergangenheit zu einem Mittler zwischen den Zeiten zu werden?

Noch war nichts perfekt, noch fehlte der letzte Kopf, aber die Grenze war von Carlita längst überschritten worden, und sie fühlte sich plötzlich als Siegerin.

Ihre Hände lösten sich von den Schultern. Langsam sanken die Arme nach unten und strichen über den Körper hinweg. Sie glich jetzt einer Person, die allmählich erwachte, wieder in die Realität zurückkehrte, aber trotzdem vom Geist der Vergangenheit erfüllt war.

Mit einem vorsichtigen Schritt nach hinten verließ sie die kleine Fußbank. Ihr Gesicht geriet in den Schein der

Fackeln. In den Zügen rührte sich nichts, doch die Haut nahm die Farbe des Fackellichts an.

Nebeneinander standen die Köpfe. Auch die ältesten, deren Augen längst ausgelaufen waren, ›glotzten‹ Carlita an, als wollten sie ihr noch eine Botschaft der Ahnherrin übermitteln.

Carlita Moreno war verunsichert. Obwohl sie äußerlich keine Veränderung entdeckte, wußte sie, daß es nicht so geblieben war wie noch vor einem Tag.

Es gab etwas in dieser Umgebung. Sie sah und hörte nichts, sie spürte es nur.

Tief holte sie Luft.

Endlich war sie aus ihrer Starre erwacht. Sie konnte sich wieder normal bewegen, und sie hätte jetzt den Rücktritt antreten müssen, aber das andere ließ sie nicht los.

Es umschmeichelte sie. Es klebte an ihr. Es war einfach vorhanden, ohne gesehen zu werden.

Das Wissen aber reichte ihr aus, und Carlita versuchte es noch einmal mit einer Frage, halblaut gestellt. »Bist du es? Bist du hier? Bist du in meiner Nähe ...?«

Ihre Worte verklangen. Gespannt stand sie auf dem Fleck und erwartete die Antwort. Vergeblich. Wenn sich der Geist ihrer Ahnherrin in der Nähe aufhielt, so wollte er keinen Kontakt. Es blieb still, aber die Anwesenheit war sehr deutlich spürbar.

Sie zeigte sich nicht, auch dann nicht, als Carlita wieder die Fackel an sich nahm und zur Treppe ging. Sie setzte ihre Schritte rückwärts, um den Blick nach vorn halten zu können. Sollte sich dort etwas ereignen, würde sie es sofort mitbekommen und hätte sich auch darauf einstellen können.

Nichts geschah. Zwischen den beiden Gangwänden lag wieder die Dunkelheit wie dichte, schwarze Watte.

Sie war der Schutz des Bösen oder der Schutz vor dem Bösen.

Carlita Moreno bewegt sich weiter und stieß mit der Hacke gegen die untere Kante der Stufe. Dabei stolperte sie nach hinten und mußte mit den Armen rudern. Die Flamme der Fackel geriet für einen Moment in heftige Bewegungen. Sie schuf tanzende Schatten, die sich oberhalb der Treppe verloren.

Der Moment der Verunsicherung war vorbei, als Carlita auf der ersten Stufe stand, aber noch immer nach vorn in den Stollen starrte. Plötzlich raste ihr Herzschlag.

Es war finster, aber innerhalb dieser dumpfen Dunkelheit malte sich etwas ab.

Ein Umriß.

Nein, schon mehr, denn sie erkannte jetzt, daß es der in der Luft schwebende Umriß eines Menschen war.

Carlita stieß einen Laut aus, der zwischen einem erstickten und einem schreienden Geräusch lag.

Da vorn stand sie.

Ihre Ahnherrin Carlita!

Carlita Moreno glaubte an einen Traum, in dem sich plötzlich die Wünsche erfüllt hatten oder dicht vor der Erfüllung standen.

Sie schluckte. Das Herz schlug noch immer so schnell. Sie war völlig aufgeregt. Gerade in diesen Augenblicken dachte sie an ihre fürchterlichen Mordtaten, aber sie konnte sich nicht erinnern, bei diesen Verbrechen diese Gefühle gespürt zu haben.

Es war alles anders geworden. Sie sah diese Gestalt, und sie bildete sich die Person nicht ein, obgleich sie nicht den Eindruck eines Menschen machte, sondern eher einer Person, die nicht wußte, wie sie sich entscheiden sollte. Blieb sie feinstofflich, oder schaffte sie es letztendlich doch, sich zu materialisieren?

Carlita Moreno stand noch immer auf der Treppe. Mochte die Stufe noch so breit sein, in diesem Augenblick war sie für Carlita zu schmal geworden, denn die Mörderin hatte Mühe, das Gleichgewicht zu wahren.

Das Zittern ihres Arms rann in die Hand hinein, deren Finger den Griff der Fackel umschlossen. Das Feuer oben begann zu tanzen und sah aus, als würde es im nächsten Augenblick verlöschen.

»Sie ist es«, brachte Carlita hervor. Sie hob die freie Hand an, um der Ahnfrau zu winken, die sich allerdings nicht rührte und in der Dunkelheit wie eine hellere Strichzeichnung stehenblieb.

Sie wollte keinen Kontakt. Genau das konnte Carlita Moreno nicht akzeptieren, denn die andere hatte sich gezeigt, und sie hatte es bestimmt nicht grundlos getan.

»Ich komme«, flüsterte Carlita. Sie ging nach vorn und mußte das Zittern der Aufregung überwinden. Ihr Gang sah steif aus. Sie knickte sogar mit dem rechten Bein ein, aber sie fiel nicht hin, sondern ging weiter auf die Erscheinung zu.

Blaß stand sie dort und schaute nach vorn. Kein Umriß bewegte sich, aber Carlita sah, daß sie das Beil hielt. Sie hatte es aus ihrem Reich mitgebracht, das alte Beil, nicht das nachgemachte.

»Noch ein Kopf«, flüsterte Carlita ihr zu. »Ich werde dir noch einen Kopf bringen, dann ist auch deine Zahl erreicht. Acht Köpfe habe ich dann zusammen. Du siehst, daß ich mein Versprechen gehalten habe. Ist das nicht ...?«

Sie verstummte, als sie plötzlich der kalte Hauch wie ein nasser Lappen streifte.

Dann sah sie nichts mehr.

Keine Erscheinung, keinen Geist, keinen Umriß eines menschlichen Körpers, gar nichts.

Zurück blieb die dichte Dunkelheit zwischen den Wänden. Ein Tunnel ins Nichts und ohne Ende.

Carlita brauchte schon ihre Zeit, um sich mit gewissen Dingen abzufinden. Sie wollte auch nicht darüber nachdenken, was die Erscheinung veranlaßt haben könnte, sich hier zu zeigen und dann zu verschwinden. Es wäre falsch gewesen, dies auf ihre Person zu beziehen, denn so etwas verunsicherte nur.

Der rechte Arm sank nach unten. Die Fackel machte den Weg mit und hinterließ in der Dunkelheit einen feurigen Streifen. Das Licht erlosch nicht, aber die Flamme tanzte nach oben und schickte einen Hitzestreifen über Carlitas Haut.

Die Frau schrak zusammen. Plötzlich fing sie an zu frieren. Sie kannte den Grund nicht. Es lag nicht an der Umgebung, möglicherweise an ihrer eigenen Angst, die plötzlich in die Höhe geschossen war und sich um ihr Herz gelegt hatte. Es konnte auch daran liegen, daß sie zum erstenmal das eigentliche Ziel so dicht vor ihren Augen gesehen hatte. Etwas anderes kam nicht in Frage. Sie wußte jetzt, daß es die andere Carlita gab und daß diese nur darauf wartete, wieder zurückkehren zu können. Man mußte ihr noch den Weg ebnen.

Zu einem Großteil war er bereits geglättet worden. Es fehlte nur noch das letzte Stück.

Der achte Kopf!

»Tolle Gegend«, sagte ich nur und fügte ein anerkennendes Nicken hinzu. »Wirklich super.«

»Auch das ist Spanien«, erklärte Kollege Salinas nicht ohne Stolz in der Stimme. »Nicht nur immer die überfüllten Strände und die Massenbehausungen an der Küste im Süden, auch diese wildromantische, wo sich die Costa Brava und die Costa Dorada treffen, hatte etwas mit unserem Land zu tun, natürlich auch die herrliche Küstenregion, die bisher nicht verbaut wurde.«

Das war sie in der Tat nicht. Von der Küstenstraße konnte ich nur einige wenige Häuser erkennen. Prächtige Villen, die sich in diese Felsregion eingenistet hatten, mit riesigen Gärten drumherum.

Schaute ich zur anderen Seite, sah ich das grünblaue Meer. Herrlich frische Farben zeichneten diesen Landstrich aus. Alles schien hier bunter und intensiver zu leuchten als anderswo. Sogar die Gischtkämme auf den Wellen wirkten noch weißer ...

Ein Bild für die Postkarte, aber auch für meine Augen, und ich sparte nicht mit lobenden Worten.

»Ich liebe dieses Land ebenfalls«, erklärte Salinas, »und möchte in keinem anderen leben.«

»Das kann ich verstehen.«

»Was ist mit Ihnen?«

»Ach, wissen Sie ... Zwar wird oft gesagt, die Britischen Inseln seien nur Regengebiete, aber wer sie einmal richtig kennengelernt hat, den wilden Norden oder Cornwall und Wales, der wird begeistert sein.«

»Dann müßte ich dort mal Urlaub machen.«

»Ja, kommen Sie. Es lohnt sich.«

»Ich werde Sie daran erinnern, John.«

Der kurze Trip in unsere Urlaubsschwärmereien war vorbei. Wir konzentrierten uns wieder auf die Realität und auf das, was vor uns lag.

Der Besuch bei Carlita Moreno!

Ich hatte meinen Kollegen noch einmal gefragt, wie gut er diese Person kannte, und er hatte zugegeben, daß es damit nicht weit her war. Sie aber würde sich an ihn erinnern und auch an seinen Beruf. Außerdem hatte er unseren Besuch avisiert.

»Was erwarten Sie?« fragte ich ihn, als wir aus einem Straßentunnel wieder in das gleißende Licht fuhren.

»Was sollte ich denn erwarten? Ein Geständnis?«

»Kann sein.«

»Dann müßten Sie mich jetzt fragen, John, ob ich diese Frau für eine Mörderin halte.«

»Das hatte ich gerade vorgehabt.«

Salinas ließ sich Zeit mit der Antwort. »Da wir ja gerade unter uns sind, kann ich sagen, hätte ich Sie sonst zu ihr geführt?«

»So gesehen haben Sie recht.«

»Ich halte durchaus alles für möglich. Da mache ich auch keine geschlechtsspezifischen Unterschiede.«

»Sieben Tote«, murmelte ich. »Und auf Carlita Moreno ist nie der Hauch eines Verdachts gefallen.«

»Offiziell nicht.«

»Aber Sie denken anders darüber?«

»Ja, denn ich kenne das Bild. Meine Kollegen nicht.«

»Und Sie haben nie mit ihnen darüber gesprochen?«

Er lachte. »Auch wenn Sie es nicht verstehen können, aber so ist es gewesen. Ich wollte mich zudem nicht lächerlich machen und behielt es einfach für mich.«

Das mußte ich akzeptieren, auch wenn es mir ungewöhnlich vorkam. Ich hätte natürlich anders gehandelt und mit meinen Kollegen, die zugleich Freunde von mir waren, gesprochen. Aber ich sah mich auch nicht als einen normalen Polizisten an.

Wir rollten weiter. Noch immer blieben wir auf der Küstenstraße. Es schien eine blanke Sonne vom Himmel, deren Strahlen sich auf den dunkleren Felsen fingen und ihnen einen spiegelnden Glanz gaben.

Hin und wieder führten Stichstraßen zu einzelnen

Häusern. Privatstraßen von Leuten, die sich auch diesen Luxus leisten konnten.

»Es dauert nicht mehr lange«, erklärte Salinas, als er sah, daß ich einen Blick auf die Uhr geworfen hatte. Mit der rechten Hand deutete er schräg nach rechts. »Dort müssen wir hin. Sie können die Siedlung bereits erkennen. Zumindest die Dächer der Häuser. Und dort oben, wo Sie die letzten sehen, befindet sich unser Ziel.«

Ich nickte, weil ich zugehört hatte. Meine Gedanken beschäftigten sich mit einem anderen Thema.

»Sie haben ja mit Carlita Moreno gesprochen, wie Sie sagten. Wie hat sie denn die Ankündigung aufgenommen?«

»Sehr locker.«

»Das kann alles bedeuten.«

»Zumindest nicht wie jemand, der Angst hat. Ich habe ihr einfach erklärt, daß wir sie als Zeugin vernehmen müssen, weil einer dieser sieben Toten zu ihrem Bekanntenkreis gehört hat.«

»Sehr schön. Stritt sie das nicht ab?«

»Nein.«

»Das wundert mich.«

»Es würde mich auch an Ihrer Stelle wundern. Aber Sie müssen die Verhältnisse kennen. Diese reichen Küstenbewohner bilden eine Clique für sich. Wir haben ja auch die Toten identifizieren können und herausgefunden, daß einige von ihnen eben zu dieser Clique gehörten. Da sind eben zahlreiche Vernehmungen durchgeführt worden. Darauf basiert jetzt auch unser Besuch.« Er schielte mich von der Seite her an. »Sind Sie zufrieden?«

»Ja.«

»Dann werden wir auch nicht mit der Tür ins Haus fallen. Außerdem sollen Sie sich einen Eindruck von dieser Person verschaffen können und sie vor allen Dingen mit derjenigen vergleichen, die Sie auf dem Gemälde im Museum gesehen haben.«

»Ist die Ähnlichkeit tatsächlich so stark?«

»Das ist sie.« Der Kollege zog die Stirn kraus, als wäre es ihm nicht angenehm, auf dieses Thema angesprochen zu werden. »Es ist einfach nicht zu begreifen – als wäre Carlita Moreno ein Zwilling der anderen Frau. Seltsam, aber wahr.«

»Gut«, sagte ich. »Dann lasse ich mich mal überraschen.«

Vor uns erschien eine Rechtskurve, durch die ein Lastwagen rollte. Er kam von oben. Der Fahrer schien keine Bremsen zu haben. Er hupte sich anscheinend den Weg frei. Nur haarscharf wischte er am Seat des Kollegen vorbei.

Salinas grinste. »Was schauen Sie so, John?«

Ich hob die Schultern. »Das war ziemlich knapp.«

»Daran müssen Sie sich auf einer Straße wie dieser gewöhnen.«

Hinter der Kurve tauchte die Abzweigung auf. Der Weg führte jetzt in die Felsen hinein. Und die Landschaft änderte sich.

Da wiegten sich Palmenwedel im Wind. Dünne Blätter an den Hecken zitterten. Große Kakteen standen in Töpfen und breiteten ihre stacheligen Arme aus. Und überall glitzerte das Wasser in den Pools.

Es war so warm, daß die Bewohner, wenn sie frei hatten, am Pool liegen konnten, und dies genossen sie auch ausgiebig.

Ich ertappte mich bei dem Gedanken, auch Carlita Moreno am Pool liegen zu sehen. So wie sie auf dem Bild ausgesehen hatte, schien sie die fleischgewordene Sünde zu sein.

Je höher wir kamen, um so schmaler wurde die Straße,

weil hier nur noch wenige Häuser standen. Und das der Carlita Moreno war das letzte auf dem Felsen.

Dort endete auch die Straße. Hinter dem Tor begann das Grundstück. Das Tor blieb geschlossen, und Salinas mußte aussteigen, um sich anzumelden. Als sich das Tor öffnete, hörte ich aus dem Garten leise Musik und das Plätschern von Wasser. Unsere Freundin schien sich in ihrem Pool zu amüsieren. Sollte sie, es war mir egal.

Trotzdem hatte sie das Signal gehört, mit dem sich Salinas vom Tor gemeldet hatte.

Salinas stieg ein und startete wieder. Wir rollten über das Grundstück und damit auch durch einen terrassenförmig angelegten Garten, der vom Duft der Blumen und Blüten durchweht wurde. Der Kollege parkte den Seat vor dem Tor einer Doppelgarage.

Wir stiegen aus.

»Gespannt?« fragte mich der Spanier.

»Und neugierig«, gab ich zu.

»Das dürfen Sie auch.«

Nebeneinander gingen wir den Weg entlang auf das Haus zu. Wir mußten noch eine Treppe aus Naturstein überwinden, da sahen wir bereits Carlita Moreno. Sie winkte uns zu.

Sie war aus dem Wasser geklettert und frottierte noch ihr Haar. Dabei saß sie auf der gelb-weiß gestreiften Unterlage einer Liege. Auf einem Tisch lag ein Handy. Etwas zu knabbern stand ebenfalls bereit, war aber durch eine dünne Plastikfolie abgedeckt worden, damit kein Ungeziefer an das Gebäck und die in einer Soße liegenden schwarzen Oliven herankam.

Carlita Moreno trug einen weißen Bademantel. Sie hatte ihn nicht geschlossen. Ein knallgelber und mehr als knapp sitzender Bikini verdeckte kaum etwas. Aus den Schalen des Oberteils drängten sich die Brustwarzen.

»Sieh an, der Kommissar.« Sie tat so, als würde sie Salinas zum erstenmal sehen. Dann streckte sie ihm die Hand entgegen. »Sie sind trotzdem willkommen.«

»Danke, Carlita.«

Ich hatte mich bei der Begrüßung im Hintergrund gehalten und trat erst vor, als sie fragte: »Und wen bringen Sie mit?«

»Das ist John Sinclair.«

»Aha.« Ihre Augen leuchteten. Plötzlich hatte sie den Kollegen vergessen und kam auf mich zu. Ihre Haltung hatte sich verändert. Sie ging nicht, sie swingte näher, bewegte sich dabei raffiniert, legte einen gekonnten Hüftschwung hin und spielte ihre Reize voll aus.

Dicht blieb sie vor mir stehen. Sie roch natürlich und zugleich nach dem leicht gechlorten Wasser des Pools. Ich konnte meinen Blick einfach nicht von ihrem Gesicht lösen und hatte den Atem angehalten. Die Ähnlichkeit dieser Person mit der Frau auf dem Gemälde war auffällig.

Die gleichen Augen, das gleiche Gesicht, dieser laszive Ausdruck, die Mischung aus Unschuld und Raffinesse, der Mund mit den halb geöffneten Kußlippen und das Lauern in den Augen, das sich mit einem abschätzenden Blick vereinte.

»Ich freue mich«, sagte sie, gab mir die Hand, was ich wie ein Streicheln spürte.

»Ich mich auch.«

»Sie kommen aus London, wie mir der Kommissar sagte.«

»Ja.«

»Sind Sie dienstlich hier?«

»Auch das.«

Sie hatte meine Hand bisher nicht losgelassen. Auch jetzt blieben wir in Verbindung, als sie fragte: »Dann wollen Sie zusammen mit Antonio Salinas einen Killer fangen?«

»So ähnlich«, sagte ich.

»Einen Köpfer, nicht?«

Diese Person war gut informiert, das mußte man ihr lassen. Sicherlich durch Salinas, der wohl mit ihr telefoniert hatte oder sie getroffen hatte.

Salinas und sie!

Komisch, plötzlich kamen mir die beiden Namen in den Sinn, aber ich bekam noch keine Verbindung, obwohl ich irgendwo davon ausging, daß sie sich bestimmt mehr als einmal gesehen hatten, denn sie waren relativ vertraut miteinander.

Carlitas Stimme unterbrach meine Gedanken. »Was stehen wir hier nur so herum? Wir können uns setzen. Das ist doch keine Stehparty. Und zu trinken haben wir auch. Außerdem ist genügend Platz vorhanden. Man muß das Wetter ausnutzen, und ich freue mich auch, wenn ich in meiner Einsamkeit Besuch erhalte, selbst wenn diese Besucher Polizisten sind und sicherlich Fragen haben werden.«

Diese Frau hatte nicht gelogen, was das Wetter, die Sitzgelegenheiten und auch die Getränke anging, denn aus dem mit Eiswasser gefüllten Kübel ragten die hellgrünen Hälse der Weinflaschen hervor. Gläser standen ebenfalls bereit. Knabbergebäck verteilte sich in kleinen Silberschalen, und die Sonne meinte es gut mit uns. Trotzdem ließ ich meine dünne Jacke an – damit meine in der Halfter steckende Pistole verborgen blieb.

Salinas kümmerte sich um den Wein. Ich hatte schon auf einem dieser hellen und mit dicken Polstern belegten Stühle Platz genommen und die Beine ausgestreckt.

Carlita hatte sich für die Liege entschieden. Sie saß so, daß sie mich anschauen konnte und ich sie. Die Hausherrin war schon ein raffiniertes Luder. Der Bademantel stand offen, so daß die langen, wohlgeformten Beine freilagen. Sie zeigten eine natürliche Bräune.

Carlita wirkte wie eine Schauspielerin, die diese Pose einstudiert hatte.

Antonio Salinas reichte uns die Gläser. Carlita lächelte ihn an, als sie ihr mit Weißwein gefülltes Glas entgegennahm. Mir kam das Lächeln vertraut vor, was aber nicht unbedingt stimmen mußte. Vielleicht war ich zu mißtrauisch. Ich überlegte sowieso, ob eine Frau wie Carlita es tatsächlich geschafft hatte, sieben Männer zu köpfen. Das wollte mir nicht in den Kopf, denn so wie sie sah bestimmt keine Köpferin aus. Aber als Polizist, der ich nun einmal war, sollte man sich nicht von der äußeren Erscheinung täuschen lassen.

In manch einem wie gemalt aussehenden Apfel steckte schon ein fauler Kern.

Carlita hatte die Rückseite der Liege noch höher gestellt. Sie saß mehr, als daß sie lag. »Salute«, sagte sie und hob ihr Glas. »Auf meine beiden Besucher.«

Wir tranken. Der Wein war wunderbar. Er schmeckte ein wenig nach Mandeln, er war kühl und glitt so herrlich leicht über meine Zunge hinweg in die Kehle.

Carlita hatte mir beim Trinken zugeschaut. »Gut?« fragte sie. »Sind Sie mit dem Wein zufrieden?«

»Er ist ausgezeichnet.«

Um mir einen Gefallen zu tun, redeten wir in meiner Heimatsprache, die auch Carlita beherrschte, die dann aber das Glas zur Seite stellte und sich um Salinas kümmerte. »Es ist ja nun kein privater Besuch. Also warte ich auf Fragen.« Sie gab sich locker und lachte noch dabei.

»Die haben wir schon.«

»Reden Sie.«

»Es geht um die Toten.«

Er hatte weitersprechen wollen, aber die Frau hob die Hand. »Moment, welche Toten meinen Sie denn?«

»Sie haben selbst in der Presse lesen können, wie die Männer ums Leben gekommen sind.«

»Ja, ja, ja ...« Plötzlich reagierte sie theatralisch. »Das ist alles wahr. Ich erinnere mich. Sie meinen die sechs Männer, die man geköpft hat.«

»Sieben!« erklärte Salinas.

Carlita bekam große Augen. »Bitte?«

»Es sind sieben gewesen. Die letzte kopflose Leiche wurde heute an den Strand geschwemmt.«

Die Frau schwieg. Sie sah entsetzt aus. Sie wurde blaß. »Das darf doch nicht wahr sein!«

»Ich lüge nicht.«

»Stimmt, dann wären Sie beide nicht zu mir gekommen.« Für einen Moment senkte sie den Blick, schaute in ihr Weinglas, und ich sah, wie sie eine Gänsehaut bekam. »Sieben geköpfte Männer.« Sie schauderte noch stärker zusammen. »Himmel, wo soll das nur hinführen? Ich – ich kann mir keinen Reim darauf machen.«

»Wir uns auch nicht«, sagte der Kommissar, »aber wir müssen uns den Tatsachen stellen.«

»Ja«, murmelte sie, »ja, das denke ich auch. Es ist Ihr Job, Señor Salinas.« Sie drehte das Glas zwischen den Fingern. »Dann sind Sie also beruflich bei mir?«

»So ist es.«

»Und Sie haben einen Spezialisten mitgebracht.« Sie warf mir einen schnellen, lauernden und irgendwie auch verhangenen Blick zu. Dabei lächelte sie kurz. »Denke ich darüber nach, gelange ich zu dem Schluß, daß ich mit den Verbrechern zu tun haben könnte. Sonst wären Sie doch nicht gekommen – oder?«

»Das stimmt«, gab Salinas zu.

Sie griff nach den bereitliegenden Zigaretten, steckte

sich ein Stäbchen zwischen die Lippen, und Salinas gab ihr Feuer. Carlita bedankte sich mit einem Nicken und meinte: »Wenn das also so ist, daß Sie mit mir über die Morde sprechen wollen, dann kann es sein, daß Sie mich in Verdacht haben, etwas mit den Taten ...«

»Moment.« Salinas ließ sie nicht weitersprechen. »Nein, so ist das nicht – aber wir müssen jeder Spur nachgehen.«

»Also doch!«

»Nein, so ist das nicht. Lassen Sie mich das erklären, und Sie brauchen auch nicht beleidigt zu sein. Ich möchte bei dem letzten Toten bleiben.«

»Gut«, sagte sie.

»Der Mann hieß Juan Perez, und er gehörte einer gewissen Gesellschaftsschicht an.«

Carlita lachte. »Bevor Sie weitersprechen, Señor, will ich Ihnen sagen, daß ich ihn kenne.«

»Oh, das ist gut.«

Sie nickte. »Ja, ich kenne ihn, ich weiß, was er für ein Mensch war, denn er gehörte tatsächlich zu dieser Party-Gesellschaft. Er ist ein Schaumacher und Frauenheld gewesen, einer, der es schaffte, jede ins Bett zu kriegen.«

»War er vermögend?« fragte ich.

»Auch das. Er brauchte nicht zu arbeiten. Er stammte aus einem reichen Haus. Perez war auf jeder Feier zu finden. Er genoß das Leben, und er war auch weiter im Süden, in Marbella, bekannt, wo sich der internationale Jet-set trifft.«

»Zählen Sie sich auch dazu?« fragte ich.

Als Antwort hörte ich zuerst nur ein Lachen. »Nein, auf keinen Fall. Ich bin kein Kind von Traurigkeit, und mein Mann hat mir auch etwas hinterlassen, aber ich fliege nicht zu den großen Parties in den Süden. Ich bleibe hier.«

»Wo auch gefeiert wird.«

»Natürlich. Und auf einer dieser Feiern habe ich Juan Perez kennengelernt.« Sie schüttelte sich. »Man mag zu ihm gestanden haben, wie man wollte. Daß er jetzt tot ist, geht mir schon durch. Das muß ich Ihnen gestehen. Ich weiß auch nicht, warum er getötet worden ist, denn ich kann mir kein Motiv vorstellen.« Sie schaute erst mich, dann Salinas an. »Wissen Sie beide denn etwas?«

Der Kollege schüttelte den Kopf. »Leider nicht. Wir sind ebenfalls überfragt. Aber wir kamen zu Ihnen, um mehr über den Mann zu erfahren.«

Carlita Moreno verzog die Lippen, bevor sie ihr Weinglas anhob, aber noch nicht trank. »Was sollte ich denn mit ihm zu tun gehabt haben? Das müssen Sie mir erklären.«

»Sie kannten ihn«, sagte Salinas.

»Flüchtig«, gab die Frau zu. »Aber da gibt es bestimmt Menschen, die ihn besser kannten.«

»Das bestreitet niemand, aber irgendwo mußten wir ja anfangen.«

Carlita hatte plötzlich ihren Spaß. »Sicher – hätte ich auch getan. Es ist immer angenehmer, bei Sonnenschein ein Verhör an der frischen Luft zu führen als in einer engen Wohnung. Dafür habe gerade ich vollstes Verständnis, meine Herren.«

Durch mein Kopfschütteln machte ich Carlita wieder auf mich aufmerksam.

»Das mag ein Grund mit gewesen sein, aber es ist nicht der einzige, Señorita.«

»Ach – nicht?«

»Es geht auch indirekt um Sie, wenn ich das mal so sagen darf.«

»Da bin ich gespannt.«

Ich nickte. »Geben Sie acht, Carlita. Der Kollege und

ich haben ein in der Nähe liegendes Museum besucht ...«

»Gratuliere, sehr kulturbeflissen.«

»Darum geht es nicht.« Ich ließ mich nicht aus dem Konzept bringen. »Wir gingen deshalb hin, weil uns ein bestimmtes Gemälde aus der Sammlung interessierte.«

»Jetzt machen Sie mich neugierig«, flüsterte Carlita. »Ja, wirklich, das ist ungewöhnlich.«

Irrte ich mich, oder lag plötzlich ein gefährliches Lauern in ihren Augen? Wie dem auch sei, ich sprach weiter und blieb natürlich beim Thema. »Dieses Bild zeigt ein kriegerisches Motiv. Eine Schlacht im Nebel, in der es eine Siegerin gibt, die als Waffe ein Beil in der linken und als Trophäe einen abgeschlagenen Kopf in der rechten Hand hält.«

»Eine Frau?« Sie kräuselte die Lippen zu einem Lächeln. »Das ist sehr gut. Endlich sind mal die Frauen an der Reihe. Sonst waren es ja nur die Männer.«

»Ich bin noch nicht fertig. Der Kollege Salinas und ich haben uns die Frau angeschaut. Und ob Sie es glauben oder nicht, diese Frau hat nicht nur Ähnlichkeit mit Ihnen, Carlita, sie ist Ihnen sogar wie aus dem Gesicht geschnitten.«

Das hatte ich sagen müssen.

Es hatte mir wirklich auf der Seele gelegen, denn Kollege Salinas hatte dieses Thema zunächst einmal geschickt umgangen.

Carlita Moreno senkte den Blick. Sie trank einen Schluck Wein und hob die Schultern. Ihre Selbstsicherheit war verschwunden, was auch ihre nächste Frage bestätigte. »Was soll ich dazu sagen?« murmelte ich. »Eigentlich bin ich überrascht.«

»Das ist nur natürlich.«

Sie lachte verlegen. »Gut, wenn Sie das sagen, kann das

stimmen. Ich kenne das Bild nicht, aber sind Sie wirklich sicher, daß Sie sich nicht getäuscht haben?«

»Fragen Sie meinen Kollegen.«

Sie schaute Salinas an. Der hob die Schultern und nickte zugleich. Es war ein Eingeständnis.

»Was wissen Sie noch über das Bild?« fragte Carlita beinahe schon patzig. »Bitte, sagen Sie es mir. Kennen Sie den Maler? Wenn ja, holen Sie ihn her, damit ich ihm gegenüberstehe und ...«

»Der Maler ist längst tot«, sagte ich.

»Aha.«

»Es ist übrigens ein altes Bild, wie ich hörte. Einige Jahrhunderte hat es schon auf dem Buckel.«

Sie lächelte mich an. »Da bin ich aber froh, denn zu dieser Zeit habe ich noch nicht gelebt.«

»Stimmt. Trotzdem fällt die Ähnlichkeit auf. Man kann sich wirklich nur wundern.«

»Wie sieht sie denn genau aus, Señor Sinclair?«

Carlita bekam von mir eine genaue Beschreibung, und ich vergaß auch die Blöße der gemalten Person nicht, die ich ziemlich genau beschrieb. Carlita hatte große Ohren bekommen, aber mit einer Bemerkung hielt sie sich zunächst zurück. Dafür schürzte sie die Lippen und lächelte. Eine Mischung aus Lockung, Naivität und Raffinesse.

Als ich meine Beschreibung beendet hatte, sah ich ihr Nicken. »Kompliment, Sie haben sehr genau hingeschaut.«

»Diese Dame war nicht zu übersehen.«

»Wie die Ähnlichkeit mit mir.«

»Genau.«

Carlita Moreno seufzte, beschäftigte sich wieder mit ihrem Glas und trank einen Schluck. »Nun«, sagte sie dann, drehte ihren Kopf etwas und schaute auf Salinas.

»Was sagen Sie denn dazu? Ich meine, hat Ihr Kollege mit seiner Beschreibung recht gehabt?«

»Völlig.«

»Gut.« Sie nickte. »Wenn Sie die Person auf dem Bild mit mir vergleichen, stehen Sie vor einem Problem.«

»Das geben wir zu.«

»Und Sie wollen jetzt von mir wissen, wieso ich dieser Person auf dem Gemälde in allen Details gleiche.« Plötzlich kicherte sie. »Nun ja, alle Details haben Sie bei mir noch nicht gesehen, aber das kann sich ja ändern.«

Ich blieb bei meiner Frage sachlich. »Haben Sie denn eine Erklärung für dieses Phänomen?«

»Nein!« lautete ihre spontane Antwort. »Sie etwa?«

»Leider auch nicht. Deshalb sind wir ja zu Ihnen gekommen. Wir wollten mit Ihnen über das Phänomen reden.«

»Ich habe zu dieser Zeit noch nicht gelebt.«

»Richtig«, gab ich zu. »Und trotzdem muß es eine Verbindung zwischen Ihnen beiden geben.«

»Da bin ich aber gespannt.« Sie schaute mich direkt an, und wieder war der Blick eine einzige Verlockung. Wahrscheinlich konnte sie nicht anders schauen. Jedenfalls bildete ich mir darauf nichts ein.

»Diese Frau ist nicht namenlos. Sie heißt Carlita ...«

Das Lachen unterbrach mich. »Doch nicht etwa Moreno?«

»Nein, sondern de los Arrancha.«

»Aha.« Sie schwang die Beine von der Liege und blieb jetzt seitlich sitzen. »Wissen Sie eigentlich, wie oft der Name Carlita hier in Spanien vorkommt?«

»Bestimmt nicht nur einmal.«

»Eben.« Carlita Moreno stand auf und streifte ihren Bademantel ab. »Sie entschuldigen mich,« sagte sie, »aber jetzt brauche ich eine kurze Abkühlung.« Sie zeigte uns ihren Rücken und ›swingte‹ mit dem entsprechenden Hüftschwung vor uns her. Ihr Ziel war die Schmalseite des Pools, wo eine Treppe mit Leiter in das Wasser hineinführte.

Wir schauten ihr dabei zu, wie sie sich abkühlte, sich dann nach vorn warf und in das blaugrüne Wasser eintauchte, wobei sie sich unter der Oberfläche hielt und ihre Bahn zog.

»Was sagen Sie dazu, John?« fragte mich der Kollege.

Ich schaute in mein Glas, das noch halbvoll war. Nach wie vor fühlte ich mich wie vorgeführt. Ich hatte den Eindruck, um den heißen Brei herumgeredet zu haben. Und ich war nach wie vor davon überzeugt, daß Carlita mehr wußte, als sie zugegeben hatte. Wir befanden uns auf der richtigen Straße. Um sie aber weitergehen zu können, mußten wir erst das Tor aufstoßen, und dazu fehlte uns leider der entsprechende Schlüssel. Auch Salinas war mir keine große Hilfe gewesen. Er hatte sich abwartend verhalten und mich machen lassen. Das stieß mir etwas sauer auf, und deshalb wollte ich ihm nicht die ganze Wahrheit sagen. »Ich weiß nicht genau, was ich Ihnen sagen soll, aber der Frust sitzt schon etwas tiefer als gewöhnlich, wenn ich ehrlich bin.«

»Was haben Sie erwartet?«

»Zumindest einen kleinen Hinweis.«

Salinas hob die Schultern. »Es ist ja meine persönliche Idee gewesen, die ich nicht mit den Kollegen absprach. Aber welchen Eindruck haben Sie von Carlita Moreno?«

Ich schaute zum Pool hin, wo sie als Brustschwimmerin ihre Bahnen zog. Ich hatte das Lächeln auf ihren Lippen gesehen. Es war das Lächeln einer Person, die mehr wußte, es aber nicht zugeben wollte. »Sie ist eine attraktive Person, die einem Mann schnell den Kopf verdrehen kann, was sie auch wohl vorhat. Man muß sich bei einer

Begegnung wirklich zusammenreißen, um streng dienstlich zu bleiben.«

Salinas nickte. »Ja, das merke ich auch.« Dann streckte er die Beine aus. »Können Sie sich diese Frau als achtfache Mörderin vorstellen, John?«

Ich lächelte kantig. »Erwarten Sie darauf wirklich eine Antwort?«

»Sonst hätte ich nicht gefragt.«

»Ja, jeder kann es sein. Ich habe gelernt, mich von Äußerlichkeiten nicht blenden oder beeinflussen zu lassen. Reicht Ihnen das als Antwort, Kollege?«

»Das schon.« Er nickte. »Aber wenn das so ist, wie wollen Sie diese Person überführen?«

Ich hob die Schultern.

»Freiwillig wird sie nichts zugeben.«

»Das denke ich auch.«

»Dann war unser Besuch umsonst.«

Ich schüttelte den Kopf. »Himmel, Antonio, weshalb sind Sie so pessimistisch? Sie sind es doch gewesen, der mir den Weg zu ihr gezeigt hat. Sie haben mich extra aus London kommen lassen, aber bisher bewegen wir uns nur im Kreis. Ich gehe weiterhin davon aus, daß es eine Verbindung zwischen Carlita Moreno und der Person auf dem Bild gibt. Da treffen sich dann die Vergangenheit und die Gegenwart.«

»Das ist mir zu allgemein.«

Da Carlita weiterhin ihre Bahnen zog, konnte ich reden. »Diese Verbindung kann sich auf vielfältige Weise darstellen. Eine davon ist nicht auszuschließen.«

»Welche?«

»Reinkarnation.«

Salinas pfiff durch die Zähne. »Wiedergeburt? Denken Sie daran, daß diese Carlita de los Arrancha eine Ahnherrin von Carlita gewesen ist?«

»Ja, das schließe ich mittlerweile nicht aus.«

Er senkte den Kopf, hob ihn wieder an und schielte mich an. »Interessant, wirklich interessant. Wir sollten sie fragen, wenn sie aus dem Pool gestiegen ist. Vielleicht finden wir doch eine Spur. Zu wünschen wäre es.«

Ich schaute zum Becken hin. Carlita gefiel es dort. Sie lag jetzt auf dem Rücken, durchschwamm das Wasser mit ruhigen Armbewegungen und lächelte des öfteren in unsere Richtung. Allerdings kam mir dieser Gruß falsch vor. Als hätte Carlita uns gehört, drehte sie ab und schwamm zum Beckenrand hin. Mit wenigen Zügen hatte sie ihn erreicht. Die Arme schnellten aus dem Wasser, und sie stemmte sich mit einer kraftvollen Bewegung aus dem Pool.

Ein Handtuch lag bereit. Sie nahm es, trocknete sich nur lässig ab, wühlte mit dem Tuch durch die dunklen Haare, die auch jetzt ihre Form nicht verloren und als natürliche Locken fielen, bevor sie fragte: »Na, die Herren, sind Sie zu einem Ergebnis gekommen?« Sie lachte. »Wenn nicht, sollten Sie ein paar Bahnen schwimmen. Sie glauben gar nicht, wie angenehm das ist.«

»Das können wir uns vorstellen«, bestätigte ich, als Carlita wieder ihren Platz eingenommen hatte. Sie saß auf der Liege und war näher an mich herangerückt. Ihre Frische war zu riechen. Als sie sich bewegte, perlten einige Tropfen ab, trafen mich, was Carlita lächeln ließ, bevor sie mich bat, ihr noch einen Schluck Wein nachzuschenken, was ich gern tat.

Sie bedankte sich, trank und stellte das Glas weg. »So, was gibt es jetzt Neues?«

»Nicht viel, aber es hat sich eine Frage ergeben.«

»Es geht um das Bild?«

»Ja.«

»Dann los!« Carlita benahm sich wie ein kleines Mädchen. »Ich bin gespannt, denn ich will auch wissen, wer die Männer geköpft hat.«

»Haben Sie schon mal Ahnenforschung betrieben?« erkundigte ich mich direkt.

Sie runzelte die Stirn. »Wie meinen Sie das denn? Von meiner Seite aus? Oder von der meines verstorbenen Mannes?«

»Nein, von Ihrer.«

»Eigentlich nicht. Ich weiß nur, daß meine Ahnen damals sehr viel in der Welt herumgekommen sind. Es sollen sich dort einige bunte Typen versammelt haben, und der arabische Einfluß muß auch nicht eben gering gewesen sein, das sieht man an mir.« Sie wickelte das Handtuch von ihrem Körper weg, so daß wir sie jetzt anschauen konnten. Das Oberteil des Bikinis hatte sich so weit verschoben, daß es überhaupt keine Funktion mehr hatte, und ich versuchte, mich vom Anblick ihrer herrlichen Brüste nicht allzusehr ablenken zu lassen.

Antonio Salinas stand auf, als Carlita nach dem Bademantel griff. Er wollte Kavalier sein und ihr hineinhelfen, während sie mich anlächelte und mir ein verdammt heißes Versprechen zuzwinkerte. Ich hörte meinen Kollegen hinter mir, und einen Moment später pfiff etwas auf mich zu. Verbunden war dieser Luftzug mit einem Knall.

Zumindest hatte ich den Eindruck, denn mein Kopf schien in zahlreiche Einzelteile auseinanderzufliegen, wobei sich diese Stücke dann in ein Meer von Scherben verwandelten. Danach gab es nichts mehr.

Nur die Dunkelheit.

Antonio Salinas steckte seine Dienstwaffe wieder weg und blieb hinter Sinclair stehen. Er schaute über die Rückenlehne des Stuhls und den Kopf des Kollegen hinweg auf Carlita Moreno, deren Gesicht ein Lächeln zeigte.

»Zufrieden?« fragte er.

»Mehr als das.«

»Sehr gut.«

Die Frau streifte jetzt ihren Mantel über. »Wie lange wird er bewußtlos bleiben?«

Salinas hob die Schultern. »Das kann ich nicht so genau sagen. Ich habe mittelschwer zugeschlagen. Es kommt auf seine Konstitution an. Wie ich ihn kenne, scheint er doch einigermaßen in Form zu sein, aber mit einer Stunde müssen wir rechnen.«

»Das ist sehr gut.«

»Oder willst du ihn jetzt schon töten?«

»Nein«, sagte die Köpferin langgezogen. »Das ist mir wirklich zu billig. Er ist die Nummer acht, und nur er durfte die Nummer acht sein. Seinetwegen haben wir den Plan aufgebaut. Es sind sieben Männer vor ihm geköpft worden. Sie mußten schließlich sterben, sonst hätten wir ihn nicht an die Costa Dorada bekommen.«

Salinas nickte.

»Wir haben ja nur kurz am Telefon reden können. Ging mit Perez alles glatt?«

»Ja.«

»Das ist wunderbar.« Er lächelte. »Kompliment, du hast den Wagen ja weit von hier verschwinden lassen. Es scheint nicht eben einfach gewesen zu sein, den Weg zurückzulaufen.«

»Das war kein Problem. Wichtig sind die acht Köpfe, und natürlich Sinclair.«

»Er ist sehr bekannt«, sagte Salinas.

»Ich weiß, und ich hätte auch nicht gedacht, daß es so einfach sein würde, ihn in eine Falle zu locken. Allerdings sehe ich auf dich mehr Probleme zukommen als auf mich, denn du mußt sein Verschwinden erklären, was sicherlich Staub aufwirbeln wird.«

»Moment mal. Wolltest du ihn nicht köpfen und den Torso ...?«

»Nein, diesmal nicht. Wir lassen ihn verschwinden. Wir verbrennen den Körper. Wenn sein Torso gefunden wird und man feststellt, daß es ein britischer Polizist ist, geht hier die Post ab. Das solltest du am besten wissen, Antonio.«

»Ja, das stimmt schon. Ich werde mich zunächst bei meinen Kollegen zurückhalten, und später wird mir schon etwas einfallen. Wichtig ist, daß wir an dem vor uns liegenden Abend und der nachfolgenden Nacht nicht gestört werden.«

»Davon kannst du ausgehen«, bestätigte die Frau. »Von meiner Seite wird es keine Probleme geben.«

»Wo willst du ihn köpfen?« fragte Salinas. Er hatte die Worte völlig emotionslos ausgesprochen, als hätte er sich mal eben nach dem Wetter erkundigt.

»Wahrscheinlich unten.«

»Und dann?«

»Jetzt noch nicht. Bei ihm können wir uns Zeit lassen. Er ist der achte, der wichtigste. Ich habe damit mein Versprechen eingelöst und will es genießen. Wenn gerade Sinclair durch meine Hand stirbt, bin ich so gut wie unsterblich und unbesiegbar.«

Da konnte Salinas nicht widersprechen, aber er sagte mit leiser Stimme: »Manchmal machst du mir angst.«

»Ja? Wieso?«

Der Polizist nickte. »Ja, du machst mir wirklich angst. Deine Fähigkeiten sind nicht zu begreifen, ebensowenig wie die Macht, die sich hinter dir aufgebaut hat.«

»Ach, das siehst du falsch. Ich bin völlig normal geblieben, glaube mir das.«

Salinas verengte die Augen. »Dann darf ich dich auch an meinen Lohn erinnern.«

Carlita breitete die Arme aus. »Du bist herrlich. Ja, du bekommst deinen Lohn.«

»Wann?«

Sie deutete auf den Bewußtlosen. »Zuerst die Arbeit, dann gehöre ich für eine Nacht dir.«

Antonios Augen glänzten. »Und ich kann mit dir machen, was ich will?«

»Das hatte ich versprochen.«

»Gut, ich hoffe, du wirst dich daran erinnern.«

»Bestimmt, Antonio. Ich vergesse keinen, der mir je geholfen hat, darauf kannst du Gift nehmen«. Sie zwinkerte ihm zu und deutete zum Haus hin. »Ich werde mich jetzt umziehen. Du kannst ihn, wenn möglich, ins Haus schaffen, ansonsten helfe ich dir.«

»Nein, das ist nicht nötig. Ich schaffe es schon.«

»Und entwaffne ihn auch.«

»Werde ich tun.«

Sie warf ihm eine Kußhand zu, zog den Bademantel aus, der seinen Platz auf der Liege fand, dann ging sie und öffnete nach dem zweiten Schritt schon das Oberteil am Rücken, das ebenfalls zu Boden flatterte und liegenblieb.

Antonio Salinas starrte auf ihren Rücken. Diese Frau hatte ihn um den Verstand gebracht. Er war verrückt nach ihr. Deshalb hatte er sich auch mit ihr verbündet. Es war ihr gemeinsamer Plan gewesen, die Männer zu köpfen, um so an diesen Sinclair heranzukommen, der für Carlita sehr wichtig war. Über die genauen Einzelheiten war er nicht informiert, er kam sich eher wir ein Erfüllungsgehilfe vor, was ihm aber auch nichts ausmachte, denn für eine Liebesnacht mit dieser Frau tat er einfach alles. Da mordete er auch. Carlita war etwas Besonderes.

Sie umgab ein Geheimnis, das er gern ergründet hätte. Wenn er das Bild mit ihr verglich, kam sie ihm sogar unsterblich vor.

Jedenfalls lagen die größten Probleme hinter ihnen, und darüber mußte man sich einfach freuen.

Carlita hatte mittlerweile ihr Schlafzimmer betreten. Es war ein besonderer Raum mit dunkel gestrichenen Wänden, mit einer ebenfalls dunklen Decke auf dem Bett, die in der Mitte die blutrote Fratze eines Dämons zeigte.

Ebenso wie das Bad war auch das Schlafzimmer ihr eigentliches Reich. Besucher ließ sie nur dann hinein, wenn sie deren Tod schon beschlossen hatte.

Allerdings war dies in der Praxis nie geschehen. Sie hatte den Männern immer nur die Liebesnacht versprochen, dieses Versprechen jedoch nie eingehalten. Die Typen hatte sie schon vorher umgebracht. Ebenso würde sie es mit diesem Bullen halten. Für Carlita war er nur Mittel zum Zweck gewesen, nicht mehr. Er durfte sie anschauen, doch nicht berühren, geschweige denn lieben. Ihr ging es um andere Dinge als um den flachen Sex mit irgendwelchen Kerlen.

Carlita Moreno streifte auch das Unterteil ab. Neben dem Bett blieb es liegen. Dann öffnete sie die rechte Tür des Schranks. Die Dunkelheit verschwand schnell, denn beim Öffnen der Tür leuchtete in dem begehbaren Kleiderschrank eine Lampe auf. Genügend Licht war vorhanden, um sich umschauen zu können.

Carlita interessierte sich nur für bestimmte Sachen. An diesem Tag wollte die Frau den Vorgang des Tötens besonders feierlich gestalten. Dafür brauchte sie ein bestimmtes Outfit.

Es hing an mehreren Haken an der Wand, und die nackte Carlita begann sich anzukleiden. Sie streifte die metallenen Netzstrümpfe über, sie polsterte ihre Schultern aus, zog das vorn offene Netzhemd an und vergaß auch den breiten Gürtel nicht, der dicht unter den freiliegenden Brüsten begann und sich beinahe bis zu ihrer Scham hinzog. Das Hemd sah aus wie ein Body, und Carlita vergaß auch nicht, die netzartige Kapuze überzustreifen, die dicht über den Augenbrauen endete.

Sie war zufrieden. Lächelte vor sich hin, als sie den Schrank verließ und sich im Spiegel betrachtete.

Das Lächeln vertiefte sich, denn bis auf zwei Kleinigkeiten sah sie so aus wie die Person auf dem Bild. Carlita liebte ihre Ahnherrin über alles. Es war eine besondere, eine wilde und irgendwo auch ungezügelte Liebe. Beide Carlitas kamen sich gleich vor. Sie dachten auf einer Ebene, und die lebende Carlita zitterte plötzlich, als sie sich mit dem Gedanken beschäftigte, was wohl geschehen würde, wenn sie Sinclair den Kopf unten in dem Gewölbe abhackte.

Wenn alles so eintrat, wie sie es sich vorgestellt hatte, trafen zwei verschiedene Zeitebenen zusammen. Dann vermischten sich die Gegenwart und die Vergangenheit miteinander. Ihre Ahnherrin würde sie sein, und sie würde sich nicht mehr von der Ahnherrin unterscheiden. Damit würde das Problem der Unsterblichkeit gelöst sein.

Köpfe für Carlita, dachte sie. Viele Männer hatten sterben müssen, aber es hatte sich auch gelohnt.

Wieder zeigte ihr Mund ein Lächeln. Die dunklen Augen schimmerten ölig. Das dunkle Haar lag flach auf dem Kopf und schimmerte nur mehr durch die Lücken im Netz.

Sie war noch nicht völlig zufrieden, denn es fehlten noch die Waffen. Carlita würde beide mitnehmen und sich erst unten im Stollen entscheiden, mit welcher sie Sinclair den Kopf abschlug.

Ihre Hand drückte die Schranktür wieder zu. Mit langsamen Schritten passierte sie das Bett, warf noch einen Blick auf die böse rote Fratze und verließ das Zimmer.

Ihre Kleidung war nicht leicht, aber sie hatte sich bereits daran gewöhnt. Schließlich war es der zweiten Carlita auch nicht anders ergangen, und auch die jetzige war bereit, diese Bürde zu tragen.

Sie verließ das Zimmer. Lautlos konnte sie sich nicht mehr bewegen. Zwar saß die Kettenkleidung relativ stramm, aber nicht so hart, als daß sie sich beim Gehen nicht bewegt hätte, und so schabten die einzelnen Teile mit leisen, klirrenden Lauten gegeneinander.

Carlita genoß es, eine andere zu sein. Körperlich hatte sie sich darauf eingestellt. Es fehlte nur mehr die direkte Verbindung zu ihrer Ahnfrau, aber die würde sie bekommen, das stand fest, wo sie bereits für den achten Kopf gesorgt hatte. Nichts würde mehr schiefgehen, dieser Sinclair war wie ein Trottel in die Falle gelaufen, und dabei hatte sie wer weiß was über ihn gehört.

Stolz durchlief sie ihr Haus. In ihrem Outfit paßte sie nicht in die Umgebung und wirkte eher wie eine Besucherin im eigenen Heim, aber das machte ihr nichts aus. Mit einem langen Schritt über die Schwelle betrat sie ihren großen Wohnraum, wo sie zuerst John Sinclair sah, der auf dem Teppich lag und sich nicht rührte. In seiner Nähe hockte Antonio Salinas im Sessel. Er hatte den Mann nicht aus den Augen gelassen, was sich nun änderte, als Carlita Moreno eintrat.

Da erhob er sich aus dem Sessel, und sein Gesicht kriegte einen beinahe dümmlichen Ausdruck. Plötzlich hatte er den Eindruck, als hätte eine bestimmte Person das Gemälde im Museum verlassen. Es gab so gut wie keinen Unterschied zwischen den beiden, abgesehen davon, daß die lebende Carlita weder eine Waffe trug noch einen Kopf als Trophäe in der linken Hand hielt.

Sie amüsierte sich über das Verhalten des Mannes, zeigte es aber nicht offen. Salinas mußte sie immerzu anstarren. Seinen Blick konnte er einfach nicht von ihrem Oberkörper reißen.

Noch einmal wischte er über sein Gesicht, dann erst war er in der Lage, etwas zu sagen. »Das kann doch nicht wahr sein«, flüsterte er. »Das ist ja Wahnsinn!«

»Warum?«

»Ich – ich komme damit nicht zurecht. Aber jetzt weiß ich, daß wir auf dem richtigen Weg sind.«

»Hast du je daran gezweifelt?« höhnte sie.

»Nein, nein«, gab er hastig zurück. »Eigentlich habe ich das nicht. Aber ich bin trotzdem überrascht. Ich weiß nicht, was ich sagen soll. Da ist etwas wahr geworden, was ich nicht verstehe.«

»Du kennst nur das Bild.«

»Ja, natürlich.«

»Aber ich lebe.«

»Das sehe ich«, flüsterte er. »Jetzt wird es nichts mehr geben, was uns stoppen könnte – oder?«

»Wie recht du hast«, erklärte Carlita. »Ein Zurück gibt es nicht mehr. Auch nicht für dich«, erklärte sie mit einer besonderen Betonung in der Stimme und dachte dabei an ihre Abrechnung mit dem Helfer, aber davon erriet der Polizist nichts. Unten am Rand des Netzes zeigte ihre Stirn einige Falten, als sie auf den bewußtlosen John Sinclair deutete. »Hast du noch einmal nach ihm geschaut?«

»Ja, er schläft.«

»Sehr gut. Und was ist mit seiner Waffe?«

Salinas kicherte, als er nach seinem Gürtel faßte. »Da ist sie, eine Beretta.« Er holte die Pistole hervor und hielt sie so, daß Carlita sie sehen konnte. »Du hast doch nichts dagegen, daß ich sie behalte – oder? Ich werde sie zu einem entsprechenden Zeitpunkt schon verschwinden lassen, das steht fest.«

»Es ist auch wichtig.«

»Und wie geht es weiter?«

»Das hatten wir besprochen. Ich werde die Rollos herunterlassen. Die Sicherungen anlegen, damit wir keine unliebsamen Überraschungen erleben.«

Salinas grinste schief. »Es soll zu einer regelrechten Festung werden – oder?«

»Ja, das stimmt. Zu einer Festung. Niemand wird uns dabei stören, darauf kannst du dich verlassen.«

»Ja, schön«, flüsterte er. »So habe ich mir das schon immer vorgestellt. Wann soll Sinclair denn sterben?«

»Früh genug«, erklärte sie. »Und du wirst dabeisein. Es ist ein Teil deines Lohns.«

»Vergiß nur den anderen Teil nicht«, sagte er flüsternd und bekam einen hungrigen Blick.

»Keine Sorge, ich habe meine Freunde noch nie im Stich gelassen.«

»Auch die nicht, die jetzt tot sind?«

»Ich hatte mit keinem von ihnen etwas. Ich habe sie nur gelockt – und sie dann geköpft.«

»Das wirst du mit mir nicht machen!«

»Keine Sorge, die Anzahl der Köpfe stimmt. Es ist alles so gut wie perfekt. Wir werden in den folgenden Stunden den absoluten Sieg erringen.«

»Davon gehe ich auch aus.«

Carlita deutete auf den Engländer. »Schaffst du es, ihn über deine Schulter zu wuchten und ihn nach unten in das Gewölbe zu tragen? Oder ist er dir zu schwer?«

»Ich habe ja Zeit.«

»Das hast du.«

Sie schaute zu, wie sich der Mann bückte und tatsächlich seine Mühe hatte, Sinclair hochzuhieven. Er stellte ihn hin, hielt ihn fest, weil der Körper kippen wollte, ging dann in die Knie und drehte sich leicht zur Seite.

Jetzt kippte der Körper und fiel über seine rechte Schulter hinweg, wo er liegenblieb wie ein länglicher Sack.

Carlita Moreno hatte sich inzwischen um die Absicherung des Hauses gekümmert. Geisterhaft glitten die Rollos vor die Fenster, so daß nicht ein Lichtstrahl hindurchdringen konnte.

Für Helligkeit sorgten Lampen, deren Licht auch gegen die Schranktür fiel, die das Ziel der Frau war. »Warte noch«, sagte Carlita zu ihrem Komplizen, »ich werde dich rufen.«

»Ist gut.«

Sie öffnete den Schrank, tauchte hinein und räumte die Kleidung zur Seite, die nur als Tarnung diente. Wichtig war die Geheimtür, der Zugang zu ihrer eigentlichen Welt, die Carlita mit einem Druck der linken Hand aufstieß.

Düsternis wehte ihr entgegen. Es roch wie immer modrig, aber auch nach dem kalten Pech der Fackel. Dennoch war es nicht stockdunkel, weil vom Wohnraum her noch Restlicht hineinfloß. In dessen Schein orientierte sich die Frau.

Sie ging der Reihe nach vor. Ihre Waffen ließ sie noch in Ruhe. Wichtig war jetzt die Fackel, die das Licht in der Tiefe geben würde. Die erste war schon ziemlich abgebrannt. Sie holte eine neue aus der Halterung hervor und zündete das dunkle Pech an der Oberseite an. Es fing rasch Feuer, und um die dunkle Flamme herum wehte der stinkende Rauchschleier in einem rußigen Schwarz.

Das Licht traf auch die Waffen.

Einmal das Schwert, zum anderen das Beil.

Drei Dinge auf einmal konnte sie nicht tragen, deshalb entschloß sich die Frau dazu, das Schwert in den Gürtel zu stecken, obwohl eine Scheide besser gewesen wäre. Das Metall berührte ihre nackte Haut am linken Bein wie der kalte Arm eines Toten, doch daran dachte jemand wie Carlita nicht. Furcht war ihr unbekannt. In ihr tobte nur die Erwartung auf die große, endgültige Tat.

Dann umfaßte sie den langen Griff des Killerbeils. Als sie es anhob, tanzte ein Lichtreflex über die blanke Scheide hinweg und hauchte ihr so etwas wie Leben ein.

Carlita lächelte. Sie liebte diese Waffe, die sie noch nie zuvor im Stich gelassen hatte.

»Du kannst kommen!« rief sie in den Schrank hinein, »und wenn du es geschafft hast, schließe die Tür!«

»Ja, ich mache es.«

»Ach, noch etwas. Hast du Handschellen bei dir?«

»Leider nicht.«

Carlita lachte beinahe schreiend auf. »Was bist du nur für ein Bulle? Ohne Handschellen?«

»Soll ich Sinclair fesseln?«

»Es wäre besser.«

»Aber ich habe seine Pistole. Der wird uns nicht entwischen, darauf gebe ich dir mein Wort.«

»Gut, Antonio, wie du meinst.« Sie ärgerte sich, denn sie wollte alles möglichst perfekt machen, und sie wußte auch, daß dieser Sinclair nicht irgend jemand war, sondern ein bestimmter Mann mit einer ungewöhnlichen Vergangenheit. Das hatte man ihr schon zu verstehen gegeben, aber daran wollte sie jetzt nicht denken.

Carlita drehte sich um und stieg als erste hinab in die Tiefe, wo der schaurige Nischenaltar auf den letzten Kampf wartete . . .

Ich wurde wach!

Nein, das war kein Erwachen wie nach einer langen Nacht, es war das schon sehr schmerzhafte und auch alptraumhafte Auftauchen aus einer Tiefe, die mit einem gesunden Schlaf nun wirklich nichts zu tun hatte.

Ich kam mir vor, als hätte man mich irgendwo hineingepreßt gehabt. In ein dichtes, absolut dunkles Grab, von dem es nur wenig Luft zum Atmen gab, die zudem jetzt verbraucht war.

Dabei wußte ich nicht mal, ob ich den Mund nun offen oder geschlossen hielt, jedenfalls war mein eigenes Wahrnehmungsvermögen schon stark beeinträchtigt, aber dieses ›Grab‹, das mich umschlossen hatte, weitete sich inzwischen.

Andere Kräfte kamen hinzu. Sie hielten mich fest. Sie spielten mit mir, sie sorgten dafür, daß ich aus dieser Tiefe ohne Boden allmählich in die Höhe schwebte.

Ich hatte zwar einen Körper, aber ich kam mir vor, als wäre ich zu einem Geist geworden, bei dem der Körper nicht so wichtig war und deshalb zurückgelassen worden war.

Stück für Stück glitt ich höher. Ich merkte, daß es mich gab, und zwar nicht nur körperlich, sondern auch geistig, denn in meinem Kopf begann sich etwas zu formieren, das mit den Begriffen Gedanken oder Erinnerungen beschrieben werden konnte.

In diesem dichten Dunkel gab es plötzlich die helleren Flecke der Erinnerung, aus denen sich sogar Details hervorschälten.

Gesichter erschienen wie Schwämme und glitten vorbei. Das Gesicht eines Mannes, das einer Frau. Ich sah ein großes Bild, dessen Motiv im Nebel schwamm, aber ich war nicht in der Lage, die entsprechenden Verbindungen zu knüpfen. Ich wußte nur, daß dies alles mit mir persönlich zu tun hatte. Eine bekannte Welt, dennoch fremd für mich. Eingetaucht in den Nebel der kurzen Vergangenheit, wieder hervorgerissen, um abermals zu verschwinden und anderen Dingen Platz zu schaffen.

Zum Beispiel den Schmerzen!

Sie tanzten wie böse Kobolde durch meinen Kopf. Sie konzentrierten sich dabei nicht auf eine Stelle, sondern wischten hin und her, waren mal rechts, im nächsten Augenblick links, dann wieder oben und zuckten von dort aus nach unten.

Ich spürte sie hinter meiner Stirn. Sie erreichten meinen Hals, die Ohren ebenfalls, aber am schlimmsten setzten sie sich in der oberen Hälfte meines Kopfes fest. Dennoch gelang es ihnen nicht, mein Gedächtnis zu beeinflussen, und so blieb die Erinnerung bestehen.

Sogar klarer als beim ersten Mal.

Ein Haus, ein Pool, Sonne – und zwei Menschen. Ein Mann, den ich als Antonio Salinas kannte, und eine Frau in einem sehr knappen, knallgelben Bikini, mit der ich mich unterhalten hatte. Ich wußte, daß diese Frau meine Feindin war, und erinnerte mich jetzt daran, daß ich mich schon auf dem Weg befunden hatte, dies aufzuklären, aber dann hatte es mich erwischt.

Schlagartig, brutal, wie der Schlag mit einem gewaltigen Hammer auf den Kopf.

Niedergeschlagen worden war ich. Urplötzlich. Ohne daß ich damit gerechnet hätte.

Noch immer mit geschlossenen Augen und trotz der Schmerzen bemühte ich mich um eine Erinnerung. Ich wollte nachdenken und herausfinden, wer mich da niedergeschlagen hatte.

Eine dritte Person?

Nein, gab ich mir selbst die Antwort. Eine dritte Person war nicht dort gewesen. Ich hatte mit Carlita Moreno gesprochen. Neben mir hatte Salinas gesessen, dann war er plötzlich aufgestanden, und in diesem Augenblick fiel bei mir das berühmte Geldstück.

Er – nur er konnte es getan haben. Kein anderer kam dafür in Frage. Er hatte sich in meinen Rücken geschlichen und mit einem harten Gegenstand zugeschlagen.

Das bekam ich trotz meiner Schmerzen heraus, auch wenn mein Kopf dabei zerspringen wollte wie im Augenblick. Ich hatte das Gefühl, wieder abzutauchen. Es konnte auch daran liegen, daß mich diese Erkenntnis beinahe wieder umwarf.

Es war die Enttäuschung gewesen. Ich fluchte innerlich, aber wie hätte ich damit rechnen sollen, daß dieser Kollege auf die andere Seite wechselte?

Dafür mußte es einen Grund geben, und ich dachte daran, daß es dabei einzig und allein um meine Person ging. Nur wußte ich nicht, wo ich die Verbindung suchen sollte.

Es war für mich auch zu schwer, den Gedanken nachzugehen, denn die äußeren Einflüsse waren noch längst nicht vorbei. Die Schmerzen peinigten mich; sie hörten einfach nicht auf.

Aber ich erlebte auch eine andere Reaktion. Unter mir spürte ich den Widerstand. Ich schwebte nicht mehr, und ich merkte, daß meine Augenlider zuckten.

Auch hörte ich etwas. Zwar kamen mir die Ohren vor wie mit Schaumstoff umwickelt, und der Druck in meinem Kopf wich ebenfalls um keinen Millimeter, aber die Stimmen bildete ich mir trotzdem nicht ein. Sie umgaben mich, und ich war sogar in der Lage, sie zu unterscheiden. Da sprach zum einen eine Frau und zum anderen ein Mann, und genau das erinnerte mich wieder an Carlita und meinen Kollegen Salinas.

Sie waren die Feinde!

Die Schmerzen blieben. Sie verteilten sich in meinem Kopf sogar ziemlich gleichmäßig, aber dieses Aufsteigen aus den unergründlichen Tiefen der Bewußtlosigkeit war vorbei.

Ich war wieder da, wenn auch stark geschwächt, aber ich konnte mich auf mich, meinen Körper und meinen Zustand konzentrieren.

Ich hatte vor, meine Augen zu öffnen, auch wenn ein gehöriger Druck auf den Lidern lag, nur sollte es dazu nicht mehr kommen, denn es passierte etwas anderes. Ich hörte eine wütend klingende Frauenstimme etwas sagen. Es kam einem Befehl gleich. Diese spanischen Brocken verstand ich nicht, sie waren einfach zu schnell gesprochen worden.

Dann bekam ich den Tritt.

Der verdammte Schuh erwischte mich am Oberschenkel. Ob ich wollte oder nicht, ich zuckte einfach zusammen. Es war ein Reflex, den ich nicht hatte lenken können. Der Schmerz war schon spür- und hörbar, denn ich hörte, wie sich ein gequälter Laut von meinen Lippen löste.

»Der Hund ist doch wach!«

Jetzt hatte ich die Stimme erkannt. Sie gehörte natürlich dem Kollegen Salinas.

Um ihm zu zeigen, daß er recht hatte, aber auch, um einem zweiten Tritt zu entgehen, stöhnte ich auf und hörte sofort danach das kalt klingende Lachen.

»Du hattest recht, Antonio.«

»Habe ich doch immer. Ich kenne meine Schläge und auch meine Kollegen. Die können einstecken.«

»Und jetzt?«

»Wir warten noch ab.«

Lange brauchten sie das nicht, denn ich öffnete zum erstenmal die Augen. Es fiel mir noch immer nicht leicht, aber ich blieb dabei, und intervallweise schälte sich meine Umgebung hervor, in die man mich geschleppt hatte. Sie hatte mit der letzten, an die ich mich erinnern konnte, nichts mehr zu tun. Hier schien keine Sonne, hier schimmerte auch nicht das Wasser eines Pools, hier nahm ich nicht den Duft der Blüten und Blumen wahr, hier war alles anders – das genaue Gegenteil.

Eine düstere Umgebung, aber nicht völlig dunkel, sondern von einem rötlichen Licht durchweht. Das war keine elektrische Quelle, die dieses sich bewegende Licht abgab, sondern eine sehr altertümliche, denn ich nahm auch den bestimmten Geruch einer Pechfackel wahr. Er drang in meine Nase, aber in ihn mischte sich zugleich ein anderer.

Ich kannte ihn, ich mochte ihn nicht, aber ich wußte, daß er beinahe zu meinem Beruf gehörte.

Es war der Geruch von Grab und Verwesung. Als läge ich in der Nähe irgendwelcher Kadaver, die diesen widerlichen Gestank abgaben.

Ich spürte ihn nicht nur auf der Zunge und im Hals, sondern auch im Magen, wo sich allmählich ein Gefühl des Ekels ausbreitete, gegen das ich nur mühsam ankämpfte und mich wunderte, daß ich mich noch nicht übergeben mußte.

Vielleicht lag es auch daran, daß ich abgelenkt wurde, denn zum erstenmal nahm ich auch optisch meine Umgebung wahr und sah, wer da in meiner Nähe stand.

Eine Frau und ein Mann.

Carlita Moreno auf der einen und mein Hundesohn von Kollege auf der anderen Seite, der mich sogar mit meiner eigenen Beretta bedrohte. Die Mündung wies schräg nach unten, genau auf meine Brust. Er interessierte mich nicht. Ich versuchte mit aller Macht, mich auf Carlita Moreno zu konzentrieren, die ebenfalls auf mich niederschaute und mir vorkam wie eine Königin und Siegerin. Sie hatte sich breitbeinig vor mich hingestellt. Ich war das Opfer.

Sie hatte sich verändert, und plötzlich durchfuhr mich ein Schreck. Es war ein Gedanke, eine Idee, die mir beinahe die Luft abschnürte. War das Carlita Moreno, oder war es die Frau vom Gemälde, die es geschafft hatte herauszusteigen?

Ich wußte es nicht, ich war völlig verunsichert. Hinzu kam mein nicht eben beneidenswerter Zustand, da quälten mich schon die Schmerzen im Kopf, und sie erschwerten das Denken.

Nein, sie war es nicht!

Nach dem zweiten Hinschauen hatte ich die Veränderung herausgefunden. Diese Carlita hielt zwar das mächtige Killerbeil fest, aber der Schädel, den die Person auf dem Bild an den Haaren umfaßt hatte, fehlte. Und noch etwas hatte sich verändert. Im Gürtel dieser Person steckte ein langes Kampfschwert. Ansonsten sah sie gleich aus, denn auch in der Kleidung hatte sie sich angepaßt. Unterschiede jedenfalls konnte ich beim besten Willen nicht feststellen.

Carlita Moreno verzichtete darauf, mich anzusprechen. Sie starrte nur auf mich herab, und in ihren dunklen Pupillen tanzte der rötliche Widerschein des Fackelfeuers. So wie sie auf der Stelle stand, war sie eine Person, die alles beherrschte. Die Königin dieser Welt, die wohl noch nie ein natürliches Licht gesehen hatte.

Mir war es gelungen, einen Teil der Umgebung zu erforschen, und ich hatte gesehen, wie das Licht der Fackel über Felswände strich, wie ich sie von irgendwelchen Stollen und Höhlen her kannte, und mir war nun klar, wo ich mich befand.

»Endlich«, sagte sie. »Endlich bist du erwacht, Sinclair.

Und zwar genau dort, wo ich es haben wollte.« Anscheinend wartete sie auf meine Antwort, auf die jedoch mußte Carlita verzichten, denn meine Kehle kam mir stark verengt vor. Ich war kaum in der Lage, ein Wort herauszubringen, und wenn doch, so wie jetzt, dann mußte ich krächzen und war kaum zu verstehen.

Mein toller Kollege lachte nur, bevor er sagte: »Der hat einiges abbekommen.«

»Aber er ist wach.«

»Richtig.«

»Also wird er seinen Tod bei vollem Bewußtsein erleben.«

Genau darauf hatte ich gewartet oder nicht gewartet, es kam immer auf die Perspektive an. Allerdings hätte ich mir keine andere Lösung vorstellen können, denn aus Spaß hatte man mich nicht in dieses Gewölbe geschleppt. Wenn sie vom Tod sprach, bedeutete das für mich, daß ich geköpft werden sollte.

Obgleich es auf der Hand lag, aber dieser Gedanke sorgte schon dafür, daß mir das Atmen schwerfiel.

Ich hatte plötzlich eine zweite Haut auf der ersten bekommen, die mich umgab wie ein Spinnennetz.

Köpfen!

Bei Bewußtsein den Kopf abhacken!

Die Vorbereitung mitbekommen und die Todesangst. Die Verzweiflung, die einen Menschen in den Wahnsinn treiben kann.

Ein grausameres Schicksal konnte ich mir kaum vorstellen, und Carlita gab mir auch die Zeit, mich gedanklich näher damit zu befassen. Meine Schmerzen waren damit zurückgedrängt worden. Jetzt interessierte mich nur mehr die Zukunft, die für mich eigentlich schon Vergangenheit war. Ich konnte auf keine Hilfe hoffen, denn der einzige, dem ich vertraut hatte, war ein Verräter. Er grinste mich über meine eigene Waffe hinweg an. Wissend und einverstanden.

»Warum?« flüsterte ich. »Warum gerade ich? Weshalb habt ihr euch die Mühe gemacht, mich von England her nach Spanien zu holen, um mich zu köpfen? Hättet ihr euch keinen anderen nehmen können, wie siebenmal zuvor auch?«

»Es ging nur um dich, Sinclair!«

»Was sagst du da?« Ich konnte diese Worte beim besten Willen nicht nachvollziehen.

»Ja, um dich«, wiederholte Salinas. »Die anderen sieben Toten waren praktisch nur die Fassade. Du bist der einzige, der tatsächlich zählt, aber wir mußten einen Grund haben, um dich herzulocken. Deshalb haben wir diesen Weg beschritten.«

»Nein, das glaube ich nicht. Nein, nein . . .« Ich spürte die Schmerzen nicht mehr und verkrampfte innerlich. »Ihr hättet nach London kommen und mich dort köpfen können. Und weshalb mußten zuerst sieben Menschen sterben?«

»Es ist so bestimmt worden!« erklärte die Frau allgemein.

»Von wem?«

Ich erhielt nun eine genaue Antwort. »Du kennst sie, denn du hast sie auf dem Bild gesehen. Nur wenn ich die gleiche Anzahl von Köpfen erreiche, wie es Carlita de los Arrancha geschafft hat, werde ich in der Lage sein, mich mit ihr zu vereinen. Da löst sich aus der Vergangenheit ein Teil des Gefüges und trifft mit der Gegenwart zusammen. So werden die alte Carlita und ich eine Person. Das ist es, was ich meine. Deshalb der achte Kopf.«

Ich hatte begriffen, aber es stand noch eine sehr wichtige Frage offen. »Warum ausgerechnet meiner und nicht der deines Freundes Salinas? Kopf ist Kopf.«

»Das stimmt, aber sie wollte es so.«

»Deine Ahnherrin?«

»Ja, Sinclair, denn sie allein hat darauf bestanden, daß es dein Kopf sein muß und kein anderer.«

»Warum?«

»Es ist mir egal, und du mußt es akzeptieren. Sieben Köpfe habe ich gesammelt und es geschafft, einen Kontakt zu der alten Carlita herzustellen. Wenn ich jetzt den achten, deinen, hier neben die sieben anderen lege, wird sich für mich alles ändern. Dann kommen sie und ich zusammen, und ich habe das Problem der Unsterblichkeit endlich gelöst.«

Das also war ihr Ziel. Unsterblichkeit. Nichts Neues für mich, denn im Laufe der Zeit hatte ich immer wieder Personen erlebt, die danach strebten und alles dafür geben wollten. Ich wunderte mich allerdings darüber, welche Varianten es gab. Die schienen tatsächlich unerschöpflich zu sein. Das war nicht alles, denn ich stolperte einfach noch über die Tatsache, daß es dieser Person auf meinen Kopf angekommen war, um die magische Zahlenfolge zu erfüllen.

Warum ich?

Ich dachte an Carlita und ihre Ahnfrau. Dann kehrten meine Gedanken wieder zu mir selbst zurück, weil ich herausfinden wollte, was ich mit dieser Carlita de los Arrancha zu tun hatte.

Nichts, gar nichts.

Es kam mir keine Idee. Bis gestern war mir diese Person noch fremd gewesen. Plötzlich sollte es eine Brücke zwischen ihr und mir geben? Das wollte mir nicht in den Kopf, denn ich sah wirklich nicht den Ansatz einer Verbindung.

Zudem kam es mir vor, als hätten sich die Schmerzen in meinem Kopf wieder verstärkt. Sie umkreisten ihn wie kleine bösartige Messer, die einzig und allein darauf aus waren, die Oberhand zu gewinnen und mich für den Tod vorzubereiten.

Aber ich wollte dies in die Länge ziehen und ignorierte die Pein in meinem Kopf so gut wie möglich. Ich fing an, von den abgetrennten Köpfen zu sprechen, und tat so, als könnte ich es nicht glauben, daß sich hier unten die Schädel befanden.

Salinas reagierte als erster und lachte gellend. »Er glaubt es nicht! Er kann es sich nicht vorstellen. Soll ich ihm die Stelle zeigen, wo sein Schädel hinkommt?«

»Ja, tu das.«

»Sehr gut.«

Salinas tat mir nicht den Gefallen, die Beretta in der Hand zu halten; er steckte sie weg. Unter sein Jackett.

Dann erst bückte er sich, streckte die Arme aus und schob die Hände in meine Achselhöhlen. Er ging nicht eben sanft mit mir um und zerrte mich mit einem schon brutalen Ruck in die Höhe, um mich dann auf die Beine zu stellen.

Ich erlebte diese Bewegung nicht so mit, wie sie geführt worden war, denn ich hatte den Eindruck, in einer Zentrifuge zu stecken, die sich rasend schnell drehte und mich von den Beinen holen wollte. Ich flog weg, irgendwohin, und es fiel mir schwer, überhaupt die Orientierung zu behalten.

Alles drehte sich vor meinen Augen. Das Fackellicht vereinigte sich mit der Dunkelheit zu einem zuckenden Spiel aus Schatten und Licht, als würden feurige Höllengeister aus der Tiefe erscheinen, die nach mir schnappten.

Salinas mußte wohl gemerkt haben, daß ich noch nicht zurechtkam. Er stand dicht hinter mir und hielt mich eisern fest.

Vor mir sah ich eine breite Flamme.

Nein, das stimmte nicht ganz. Es waren die Dochte der sieben Kerzen, um die herum die kleinen Feuerzungen tanzten, die ich allerdings dank meines Zustandes nicht auseinanderhalten konnte, so daß die Flammen noch immer ein breites Band ergaben.

Aber mein Zustand besserte sich, die Unterscheidung blieb jetzt, auch wenn ich die Zunge noch nicht so klar sah. Dafür erkannte ich das, was dicht hinter ihnen in einer Nische stand. Wie auf einem Altar makaber verteilt.

Sieben Köpfe!

Ich schluckte, als ich die endgültige Wahrheit auch optisch sah. Keiner meiner beiden Feinde hatte gelogen, es gab diese sieben Köpfe hier unten tatsächlich, und keiner sah so aus wie der andere, denn sie befanden sich bereits in den unterschiedlichen Stadien der Verwesung. Der Schädel ganz links von mir – der erste – war am stärksten verwest. Bei ihm war der größte Teil der Haut schon abgefallen, so daß die blanken Knochen hindurchschimmerten. Auch die Augen waren längst verschwunden. Das Kerzenlicht hatte sich in die leeren Höhlen hineindrängen können und füllte sie aus.

Der letzte Kopf – der siebte – sah noch fast normal aus. Man hatte ihn erst kürzlich abgehackt, und das war zu sehen. Die Verwesung hatte gerade erst eingesetzt.

Niemand hatte ihm die Augen geschlossen. Diesmal tanzte das Licht der Kerze über die Pupillen hinweg, als wollte es dafür sorgen, daß sie bald wieder zum Leben erwachten.

Um den Kopf herum hatte sich noch eine dunkle Lache aus Blut ausgebreitet, die mittlerweile einen widerlichen Geruch angenommen hatte.

Auf dem Gesicht des Juan Perez war noch das Staunen zu sehen oder die Ungläubigkeit, die ihn in den letzten Sekunden seines Lebens beherrscht hatte.

»Na?« hörte ich Salinas an meinem rechten Ohr flüstern. »Hast du genug gesehen?«

»Ich glaube schon.«

»Wunderbar. Dann schau noch mal nach rechts. Da ist der freie Platz, und den haben wir für deinen Kopf aufbewahrt, denn genau dort wird bald dein Schädel stehen.«

Es stimmte. Und es stimmte auch, daß mich die Worte hart getroffen hatten. Es war sogar Platz genug für zwei Köpfe vorhanden. Mir wurde plötzlich eiskalt. Ich fror innerlich ein.

Zum erstenmal kam mir zu Bewußtsein, wie gering meine Chancen waren, diesen verdammten Keller lebend zu verlassen.

An meinen Handflächen hatte sich der eiskalte Schweiß gebildet. Ich merkte ihn auch auf dem Rücken, ich spürte ihn im Nacken, auf dem Gesicht und der Stirn.

Der Mann hinter mir hörte meinen schweren Atem und zog die richtigen Schlüsse. »Jetzt hast du Angst, wie? Angst um dein erbärmliches Leben – oder?«

»Hättest du das nicht, Antonio?«

»Doch, das hätte ich auch. Aber ich habe Glück. Ich gehöre nicht dazu. Ich stehe auf Carlitas Seite und werde nach deinem Tod die beste Belohnung erhalten, die man sich als Mann überhaupt vorstellen kann. Ich denke, du begreifst, was ich meine.«

»Ja – und ob, aber laß dich nicht einseifen. Oder glaubst du im Ernst daran, daß sie ihr Versprechen einhalten wird? Glaubst du das? Ich nicht, mein Lieber. Typen wie Carlita halten nichts ein. Sie sind anders als normale Menschen. Du bist nur jemand, der benutzt wird, ansonsten nimmt man dich nicht ernst. Du bist ihr Erfüllungsgehilfe, und sie wird dich ebenso erledigen wie die anderen Kerle, die durch sie ihren Kopf verloren haben. Vielleicht wird dein Schädel noch heute neben dem meinen stehen.«

Ich hatte ihn nervös gemacht. Er löste seine Hände von meinen Schultern, umfaßte statt dessen meine Ohren, als wollte er sie mir abreißen. Statt dessen drückte er sie zusammen, was ebenfalls schmerzte und mich in die Knie zwang.

»Noch ein Wort, Sinclair, und du erlebst vor deinem Ende noch alle Höllenqualen.«

»Okay!« stöhnte ich. »Okay . . .«

Er lockerte den Griff und ließ es zu, daß ich mich wieder normal hinstellte.

An der vorderen Nischenkante fand ich Halt. Der Kollege kümmerte sich nicht mehr um mich. Er hielt mich nur noch mit einer Hand fest und hatte sich ansonsten zur Seite gedreht, weil er noch mit Carlita sprechen wollte.

»War alles in deinem Sinne?«

»Ja.«

»Und wann willst du ihn töten?«

Ich hatte mitgehört und wartete gespannt auf die Antwort. Zeit ließ sich Carlita Moreno nicht, und sie sagte auch nur ein Wort.

»Jetzt!«

Ich hatte damit gerechnet, trotzdem erwischte es mich härter als gewöhnlich. Ich war einfach zu sensibel geworden, und das mochte an der verdammten Angst liegen, die sich immer mehr in mir hochdrückte. Kälte und Hitze wechselten sich bei mir ab. Ich spürte, wie etwas durch meinen Magen wühlte, die Kehle hochstieg und mir den Atem raubte. Das Kichern des Verräters nahm ich ebenfalls wahr, und ich sah auch, wie er seine Position veränderte und sich mir zudrehte, um mich richtig fassen zu können.

Jetzt oder nie!

Ich handelte sofort, ohne darüber nachgedacht zu haben. Obwohl ich selbst noch schwach auf den Beinen war, wuchtete ich mich ihm entgegen. Es war keine große Distanz zwischen uns, aber wir prallten schon ziemlich hart zusammen, und der Mann mußte auch zurückweichen, wobei er mich losließ, weil er so überrascht war.

Carlita Moreno griff nicht ein. Und ich klammerte mich wie eine Klette an Salinas fest.

Nur mit der rechten Hand. Meine linke huschte über seinen Bauch hinweg und glitt dorthin, wo meine Beretta steckte, die ich aus dem Hosengurt hervorziehen konnte.

Als ich sie spürte, warf ich mich zurück. Ich prallte mit dem Rücken gegen die Nischenkante. Der heiße Schein der Kerzen huschte über meinen Nacken hinweg und drohte die Haut sowie die Härchen zu versengen.

Sofort wechselte ich die Beretta in die rechte Hand und zielte nun auf Salinas.

»Laß es sein!« brüllte ich ihn noch an, denn der spanische Kollege hatte natürlich mitbekommen, daß ihm die Beutewaffe fehlte. Er war dabei, seine eigene hervorzuholen.

Meine Warnung mußte er gehört haben, aber er ignorierte sie. Statt dessen schickte er mir seinen Fluch entgegen, schnappte nach seiner Dienstwaffe und riß sie hervor.

Er wollte schießen.

Ich sah es ihm an, ich sah es in seinen Augen, ich erkannte es an seiner gesamten Körperhaltung. Er stand dicht davor, mir eine Kugel in den Körper zu jagen.

Zwar bewegte sich Carlita, sie fauchte einen Fluch, aber sie griff nicht ein.

Salinas schwenkte mit einer schnellen und zuckenden Bewegung den Waffenarm in meine Richtung.

Ich war schneller.

Sogar das Mündungslicht sah ich für einen Moment, als ich den Stecher durchzog. In der Stille klang der Schuß überlaut. Er dröhnte in meinen Ohren, aber er war für mich so etwas wie eine wundersame Musik.

Die Silberkugel hatte getroffen. Der Aufprall schleuderte den Mann zurück. Salinas konnte nicht mehr schießen. Die andere Stollenwand hielt ihn auf. Für einen Moment blieb er dort stehen und brachte noch den rechten Arm angewinkelt in die Höhe, wobei die Waffe mit der Mündung gegen die Decke zeigte.

Er schoß nicht mehr. Es fehlte ihm einfach an Kraft. Begleitet vom düsteren Licht der Fackel und auch der Kerzen brach er intervallweise in die Knie.

Es gab nichts, woran er sich hätte festhalten können. Dann kippte er zu Boden, wo er liegenblieb und sich nicht mehr rührte. Ich wußte auch nicht, ob er tot oder nur schwer verwundet war. Das alles war jetzt zweitrangig geworden, denn das zweite Problem hatte ich noch nicht aus der Welt schaffen können.

Ich wollte wieder abdrücken und auf Carlita feuern.

Sie stand nicht mehr an ihrem Platz.

Dafür spürte ich sie hinter mir, und ich spürte auch noch mehr. Es war die kalte Klinge des Mörderbeils, die genau über meinem Nacken ruhte. Ich hörte Carlitas böse Flüsterstimme.

»Laß die Waffe fallen!«

Es war keine leere Drohung. Trotzdem überlegte ich, ob ich es tun sollte, aber der warme Blutstreifen auf meiner Haut im Nacken sorgte dafür, daß ich dem Befehl Folge leistete.

Meine Finger streckten sich.

Die Beretta rutschte aus der schweißnassen Hand und landete vor meinen Füßen auf dem Boden.

Carlita hatte gewonnen!

Ich wußte nicht, ob ich mich dafür hassen sollte. Aber es hatte keinen Sinn, wenn ich mir Vorwürfe machte. Es war einfach schlecht gelaufen für mich. Im Gegensatz zu ihr.

Carlita Moreno war nicht nur abgebrüht und brutal, die Natur hatte sie auch mit einer besonderen Raffinesse ausgestattet. Sie hatte eiskalt abgewartet, dann die Gunst des Augenblicks ausgenutzt, um über mich herzufallen.

Das Gewicht des verdammten Henkerbeils lastete nun stärker auf meinem Nacken. Carlitas Kräfte, das Beil in dieser Lage zu halten, schienen zu erlahmen. Oder war es Absicht?

Ich hörte hinter mir ihren zischenden Atem, der in einem knappen Lachen endete, das wiederum überging in Worte, die sich die Frau nicht verkneifen konnte. »Ich habe dir schon beim ersten Kontakt angesehen, daß du gut bist, Sinclair. Ja, das wußte ich. Besser als dein Kollege, dieser Idiot. Er war allerdings ein nützlicher Idiot für mich, das muß ich schon zugeben. Und ich muß mich auch bei dir bedanken, denn du hast mich von einem Problem befreit.«

Ich mußte nicht lange nachdenken, um zu wissen, was sie damit meinte. Der Kommissar wäre für sie zu einem Problem geworden, sie hätte ihn später umgebracht.

Meine Furcht war verschwunden. Zumindest für den Augenblick. Aber mir ging es verdammt nicht gut. Ich spürte immer noch die Nachwirkungen des Schlags. Manchmal kehrte der Schwindel zurück. Da hatte ich den Eindruck, als würde ich mich auf der Stelle drehen und dabei immer schneller und schneller werden. Aus der schmalen Wunde am Nacken sickerte ein dünner Streifen, der warm an meinem Hals entlang nach unten lief.

Ich atmete auch nicht normal, sondern schwer und keuchend. Die Luft hier unten verdiente den Namen nicht.

Sie war nur mehr ein widerlicher Gestank, aber für meine Feindin so etwas wie ein Lebenselixier.

Daß sie ihre Ankündigung wahr machen wollte, davon mußte ich ausgehen. Sie würde mich töten, meinen Kopf als Trophäe auf diesen Altar stellen und dann endlich am Ziel sein.

Aber an welchem Ziel?

Ich hatte bisher nur Fragmente mitbekommen. Da mußte noch etwas anderes dahinterstecken, und jetzt, wo wir beide unter uns waren, konnte ich die Fragen stellen. »Warum das alles, Carlita? Warum hast du die Menschen der Reihe nach umgebracht?«

»Nur ihretwegen«, flüsterte sie nach einer kurzen Pause. »Es ging mir einzig und allein um sie.«

»Deine Ahnfrau, nicht?«

»Ja.«

»Was ist so wichtig an ihr?«

»Sie war eine mächtige Frau. Sie ist aus dem Dunkel der Geschichte aufgetaucht. Sie hat dieser verrotteten Gesellschaft gezeigt, wo es langgeht. Sie verfügte über ein immenses Wissen, das mit jeder ihrer Reisen größer wurde. Sie hat in den arabischen Ländern von Weisen und Magiern gelernt und hat gedacht, es umsetzen zu können in einer Welt, die ganz anders war. Im mächtigen Spanien herrschten der Adel und die Kirche. Gerade sie war besonders mächtig. Sie war die große Instanz, sie war Richterin und Henkerin zugleich. Das hat Carlita de los Arrancha sehr bald zu spüren bekommen, denn die Kirche wollte sie nicht. Man schloß sie aus, man verfolgte sie, aber sie ließ sich nicht beirren und gab das weiter, was sie gelernt hatte.«

»Indem sie tötete?«

»Auch.«

»Wer waren diese Männer?«

»Feinde.«

»Ich sah sie auf dem Bild.«

»Richtig. Sie schlug ihnen die Köpfe ab. Sie war sehr bald als Köpferin bekannt. Man jagte sie, aber meine Ahnin machte weiter. Sie ließ sich nicht beirren und hatte es sehr bald geschafft, acht Menschen zu töten und deren Köpfe zu bekommen. Acht, hörst du, Sinclair?«

»Das habe ich verstanden,« flüsterte ich. »Sieben habe ich schon hier sehen können.«

»Richtig. Und du bist der achte.«

»Ich!« Bevor Carlita etwas sagen konnte, fing ich an zu lachen. »Ausgerechnet ich. Auf mich lief alles hinaus, wie ich inzwischen habe erfahren können. Deine Taten geschahen eigentlich nur, um mich in die Falle zu locken.«

»Si!« sagte sie laut und deutlich.

Ich hatte den triumphierenden Unterton in der Stimme natürlich nicht überhört und wollte wissen, welchen Grund sie gehabt hatte, sich ausgerechnet auf mich zu fixieren.

Carlita freute sich. Sie lachte. »Auch das ist eng mit der Vergangenheit verknüpft.«

Es war eine Erklärung, die ich nicht begriff. Ich wußte nicht, was das mit meiner Vergangenheit zu tun hatte, denn ich hatte bisher keine Verbindung zu Carlita Moreno gehabt. Aber motivlos hatte sie mich nicht in die Falle laufen lassen, und eine Ausrede ist es bestimmt auch nicht gewesen.

»Es tut mir leid, aber ich kann das nicht begreifen«, sagte ich mit leiser Stimme.

»Es ist auch nicht nötig.«

»Doch – tu mir einen Gefallen. Du hast mich neugierig gemacht. Wenn ich schon sterben muß, möchte ich den Grund wissen.« So locker, wie ich den Satz ausgesprochen hatte, sah ich ihn nicht, aber ich riß mich zusammen. »Ich kenne dich nicht. Ich habe dich heute zum erstenmal gesehen und kann mich nicht erinnern, daß wir beide in der Vergangenheit schon einmal zusammengetroffen sind.«

»Es geht nicht um dich persönlich!«

Jetzt begriff ich nichts mehr. Zumindest vorläufig nicht. Vielleicht war ich auch zu angeschlagen, um da noch nachhaken zu können, und die Frau merkte, was mit mir los war.

»Du mußt dich nicht auf einen so hohen Sockel stellen, Sinclair. Du bist nicht der Nabel der Welt, sondern das Opfer. Aber im Prinzip ist es nicht um dich gegangen, sondern einzig und allein um eine andere Person, die dir unter Umständen bekannt ist.«

»Ich weiß es nicht und . . .«

»In der Vergangenheit hat sie gelebt, Sinclair. Nur in der Vergangenheit, und sie hat sich als Feind meiner Ahnherrin hervorgehoben. Was damals begann, werde ich jetzt vollenden.«

Zwar waren ihre Worte keine direkte Aufklärung gewesen, aber ich fing doch an nachzudenken, und diese Überlegungen brachten mich auf eine ganz bestimmte Spur. »Moment mal, Carlita, soll das heißen, daß es auch mit einer Person zu tun hat, die ebenfalls in der Vergangenheit existiert hat?«

»So ist es. Sie war außergewöhnlich, das gebe ich zu. Und von ihr stammt auch das Bild.«

»Das weißt du?«

»Si, ich habe es herausgefunden. Diese Person konnte

auch malen, Sinclair. Nicht nur kämpfen und sich gegen Carlita de los Arrancha stellen. Merke dir das.«

»Sag mir den Namen!«

Sie ließ mich zappeln, aber zum Glück bewegte sie die verdammte Waffe nicht.

»Gut, du sollst es wissen, Sinclair. Der Name ist ganz einfach, du kennst ihn besonders gut. Er heißt Gilles St. Clair!«

Ich schrie nicht. Ich tat gar nichts. Ich stand auch in den folgenden Sekunden unbeweglich. Dann aber schossen durch meinen Kopf die Erinnerungen, die Gedanken, und ich mußte dieser Person hinter mir völlig recht geben.

Gilles St. Clair!

Er war mein Ahnherr gewesen. Ein Wanderer in einer mörderischen Zeit. Ein Mensch, dem ich nicht unbedingt positiv gegenüberstand, der sich in mein und das Schicksal meiner Eltern eingemischt hatte. Er hatte einer Gruppe angehört, die gegen die offizielle Kirche war, die sich die Katharer, die Befreier, nannte, aber zu einer Befreiung war es nicht gekommen, denn letztendlich hatte er sich kaum von denen unterschieden, die er bekämpfte.

»Warum sagst du nichts?« flüsterte Carlita.

Ich mußte tatsächlich schlucken und tief Luft holen, um die Worte für eine Antwort zu finden. »Das hat mich wirklich überrascht«, flüsterte ich. »Damit hätte ich nie und nimmer gerechnet. Deine Erklärung hat mich wie ein Tiefschlag erwischt.«

»Aber du weißt, wen ich meine?«

»Ja, ich kenne ihn. Ich habe von ihm gehört und ...« Ich fügte nichts mehr hinzu, denn ich wollte den Fall nicht noch einmal aufwühlen, der mir verdammt an die Nieren gegangen war.

»Ihn hat es gegeben. Er gehörte zu den Feinden meiner Ahnherrin. Er hat dafür gesorgt, daß man sie tötete.«

»Wie genau?«

»Er malte sie. Er tat so, als hätte er sie geliebt, aber er kann sie nicht geliebt haben.« Ihre Stimme nahm an Schärfe zu. »Nein, das ist keine Liebe gewesen.«

»Hat er sie denn getötet?« wollte ich wissen.

»Nicht er selbst. Indirekt brachte er sie um, denn er trieb sie in die Fänge ihrer Feinde. Nur durch ihn konnte Carlita damals gestellt werden, und es hing auch mit dem Bild zusammen, das er malte. Es brachte die Feinde auf Carlitas Spur, und so dauerte es nicht lange, bis sie von ihnen gestellt werden konnte und gegen die Übermacht nicht die Spur einer Chance bekam.«

»Wie kam sie um?«

»Man erschlug sie. Man steinigte sie. Man drängte sie in eine Falle. Die Übermacht war einfach zu stark, denn wehren konnte sich Carlita nicht.«

»Aber man köpfte sie nicht – oder?«

»Nein. Das tat sie mit ihren Feinden. Aber tot ist tot, daran gibt es nichts zu rütteln.«

Da hatte sie so verdammt recht, denn letztendlich war es egal, wie man vom Leben in den Tod befördert wurde. Am besten war es, wenn man keine Qualen erlebte. Da war das Enthaupten oder Köpfen ein klein wenig humaner als das Steinigen. »Ist sie wirklich tot?« fragte ich mit einem gewissen Unterton in der Stimme, der Carlita einfach stutzig machen mußte.

Sie kicherte. »Du glaubst es nicht?«

»Ich bin skeptisch.«

»Aber dein Ahnherr lebt, wie?«

»Nein, er ist tot.«

»Genau das wollte ich wissen«, sagte sie und lachte wieder auf. »Genau das.«

»Warum?«

»Es ist der Grund für deinen Tod, Sinclair. Dein Ahnherr ist nicht mehr greifbar, im Gegensatz zu meiner Ahnherrin, denn sie hat sich letztendlich als stärker erwiesen. Da ich mich an deinem Ahnherrn Gilles St. Clair nicht mehr rächen kann, muß ich mich an dich halten, so einfach ist es im Prinzip. Du bist derjenige, um den es hier geht, du hast praktisch die Stelle des Gilles St. Clair eingenommen.«

»Und du die der Carlita de los Arrancha?«

»So ist es.« Sie hatte Spaß, das hörte ich ihrer Stimme an. »Wir werden nur das wiederholen, was in früheren Zeiten begann. Damals standen sich ein Sinclair und eine Carlita schon einmal gegenüber. Niemand hat es geschafft, den anderen zu vernichten. Es kann auch sein, daß es keiner wollte, aber die Falle hat Gilles St. Clair meiner Ahnherrin gestellt. Sie ist ihm wohl zu mächtig gewesen.«

»Hat sie denn überlebt?« fragte ich keuchend.

»Kann man das denn?«

Ich lachte, obwohl mir wirklich nicht danach zumute war. »Es kann durchaus sein, daß sie überlebt hat, denn es gibt gewisse Möglichkeiten, die am Tod eines Menschen vorbeiführen.«

»Ja, das glaube ich dir, denn ich habe zuvor Erkundigungen über dich eingezogen. Salinas hat mir einiges erzählt, denn er wußte besser, wer du bist.«

»Ja, ich habe mit gewissen Dingen zu tun, die auch übergreifend sind. Aber ich kann dir versprechen, daß es meinen Ahnherrn Gilles St. Clair nicht mehr gibt.«

»Das stimmt.«

»Und deine Carlita hat überlebt?«

»Auf ihre Weise.«

»Nicht körperlich?«

»Nein, das nicht, aber wir werden zusammenkommen, das kann ich dir versprechen. Ich werde sie kennenlernen, und damit wird sich der Kreis schließen. Die Vergangenheit wird eintauchen in die Gegenwart. Es mußten erst Jahrhunderte vergehen, bis es soweit gekommen ist. Nun gibt es kein Halten mehr.«

»Hat sie überlebt – oder ihr Körper?«

»Geist und Körper kann man trennen, das hat Carlita schon immer gewußt. Nicht grundlos ist sie in die anderen Länder gereist, wo sich das große Wissen verbarg. Sie hat bei den Arabern, den Ägyptern und bei den Indern gelernt, und sie haben Carlita aufgenommen und sie an ihren Weisheiten teilhaben lassen. So konnte sie der Tod nicht schrecken. Sie hat ihn sogar vorausgeahnt, und sie hat versucht, der Menschheit etwas zu hinterlassen.«

»Denkst du dabei an das Bild?«

»Genau. Sie bekam deinen Ahnherrn dazu, sie zu malen. In ihrer Lieblingspose. Damals hat sie schon gewußt, daß dieses Bild mehr sein würde als nur ein simples Gemälde der Erinnerung.«

»Dann kann die Feindschaft zwischen unseren beiden Vorfahren nicht so schlimm gewesen sein«, sagte ich.

»Ich weiß es nicht.«

»Doch!« widersprach ich. »Mein Ahnherr Gilles St. Clair hat ihr durch das Bild die Möglichkeit eines Schlupflochs gegeben, und das solltest du allmählich begreifen. Ich glaube, daß du den falschen Mann tötest, denn ich . . .«

»Nein!« schrie sie mich an, und ich befürchtete, daß sie schon jetzt zuschlagen könnte. »Nein, das stimmt nicht. Das ist nicht wahr. Das ist alles gelogen. Ich brauche die acht Köpfe, um mich mit ihr zu vereinigen. Ich muß so werden wie sie. Ich mußte einfach diese acht Taten vollbringen, erst dann kann sich der Kreis völlig schließen.«

Ob sie damit recht hatte, wußte ich nicht. Vielleicht aus ihrer Sicht, nicht aus meiner, denn ich wollte meinen Kopf gern behalten. Carlita Moreno hatte sich da in etwas verrannt, mit dem ich überhaupt nicht zurechtkam, aber ich sah im Moment keine Chance, diese Dinge zu ändern und zu meinen Gunsten zu kippen.

»Und jetzt wirst du sterben, Sinclair!« versprach sie mir. »Dreh dich um!«

»Das kann ich nicht.« Ich schnappte nach Luft. Die verdammte Klinge ›klebte‹ an meinem Hals. Ihr Druck wurde stärker, und mein Ende kam näher.

»Das ist deine Sache. Ich will, daß du dich drehst und gegen die Nische mit den Köpfen schaust. Du wirst dich mit beiden Händen an der Kante abstützen. Du wirst die Arme dabei ausbreiten, du wirst zurücktreten und dich breitbeinig hinstellen, und du wirst deinen Kopf nach vorn senken . . .«

Ich hatte alles gehört. Sogar überdeutlich. Jedes Wort war mir dabei wie eine Folter vorgekommen. Im Magen spürte ich den extremen Druck, als sich die Umgebung zusammenzog. Ich spürte auch das harte Pochen an beiden Stirnseiten, auch ein Beweis für die Furcht, die in mir steckte, und die Drüsen produzierten abermals den säuerlich riechenden Schweiß. Der Streß nahm zu, das Zittern auch. Beides würde sich noch verschlimmern, wenn Carlita kurz vor ihrer Tat stand.

Ich bewegte mich nicht bewußt langsam, weil ich damit rechnete, daß die scharfe Klinge meine Haut aufschlitzen würde, aber dieser Druck verschwand, denn Carlita Moreno hatte ihr Beil angehoben.

Es schwebte auch weiterhin in meiner Nähe, das wußte ich auch, ohne hinschauen zu müssen.

Bisher hatte ich den dicken Kerzen meinen Rücken zugewandt. Jetzt, wo ich die Drehung vollendet hatte, sah ich sie wieder. Aus den mit kaltem Wachs verklebten Stummeln ragten die geschwärzten Dochte hervor, und um sie herum tanzten die Flammen, die nie ruhig brannten, obwohl hier kein Wind herrschte. Sie tanzten, berührten sich manchmal, so daß sie fast eine Einheit bildeten.

Ihr Zucken störte mich. Der Schein blendete mich. Die Augen mußten sich erst wieder auf dieses Licht einstellen, und hinter dieser Feuerwand sah ich die Umrisse der abgeschlagenen Köpfe. Ich roch sie auch. Den Leichengestank konnte man einfach nicht ignorieren.

Ich schwankte, was auch an der Übelkeit lag.

Unter den Händen spürte ich die Kante der Nische. Rauhes Gestein, kratzig, aber nicht so scharf, als daß es mir die Handballen aufgerissen hätte.

Carlita hatte mir befohlen, den Kopf nach vorn zu senken, was ich auch tat.

»Noch weiter zurück«, flüsterte die Frau, die mich nicht aus den Augen ließ. Sie stand rechts von mir, das mörderische Beil angehoben, und sie würde es innerhalb einer Sekunde von oben nach unten rasen lassen und mir den Schädel abschlagen.

Ich überlegte. Meine Gedanken drehten sich wild und suchten nach einem Ausweg.

Sollte ich es mit körperlicher Gewalt versuchen? Einen Moment der Unachtsamkeit bei ihr ausnutzen?

Das klappte nicht, denn Carlita Moreno war alles andere als unachtsam. Sie stand in günstiger Entfernung neben mir wie auf dem Sprung. Ein Schlag reichte, dann war es vorbei.

Half mir das Kreuz?

Nein, nicht in diesem Fall. Sie war keine Dämonin, kein Mitglied aus dem Reich der Finsternis. Carlita war eine eiskalte Mörderin, nur ihre Motive waren schwarzmagischer und finsterer Natur, und es gab keine Mauer, die sie davon abhielt, mich zu köpfen.

Ich schaute zwangsläufig nach unten. Dort sah ich den dunklen Boden zwischen meinen Füßen. Die Beretta lag irgendwo. Ich würde kaum mehr an sie herankommen, und ich sah auch den flackernden Widerschein des Kerzenlichts über den Untergrund huschen, als hätte mir der Teufel persönlich einen Höllengruß zugeschickt.

Es begannen die Sekunden der Todesangst. Sie waren wie eine Klammer. Sie machten mich starr. Der Wille zum Überleben war weit zurückgedrängt worden, obwohl ich versuchte, diese verfluchte Angst zu überdecken. Ich wollte mich hier nicht einfach killen oder köpfen lassen.

Nie hatte ich mich wehrlos in mein Schicksal ergeben, wenn ich nicht eben gefesselt war. Und das war ich auch jetzt nicht.

Ich drehte den Kopf nach rechts.

Carlita Moreno stand da und genoß ihren Triumph. Das war schon ihrer Haltung anzusehen, und in ihrem Gesichtsausdruck spiegelte es sich wider. So wie sie sahen Sieger oder Siegerinnen aus. Und sie hielt ihre Waffe jetzt mit beiden Händen fest, hatte das schwere Gerät hochgewuchtet, das nun über ihrem Kopf schwebte und wohl bald mit immenser Wucht nach unten sausen würde.

Sie reckte sich noch höher.

Und ich ließ mich fallen!

Diesmal war ich schneller als sie, tauchte blitzartig zu Boden und wuchtete meinen Körper zugleich nach rechts. Jetzt kam mir zugute, daß sie so nahe bei mir stand, denn ich konnte mich gegen ihre Beine werfen und sie so aus dem Gleichgewicht bringen.

Carlita Moreno taumelte zurück. Plötzlich hatte sie Schwierigkeiten mit ihrem Gleichgewicht. Sie schrammte mit der rechten Schulter an der Wand entlang, hatte jedoch keine Chance, sich schnell zu fangen, und mit einem zweiten Aufprall holte ich sie von den Beinen.

Als Carlita kippte, stand ich auf.

Ich hörte sie schreien. Haß und Wut waren unbeschreiblich. Aber sie hatte das verdammte Beil nicht losgelassen. Sie wälzte sich damit über den Boden, und ich sah, daß sie das Schwert in ihrem Gürtel dabei behinderte.

Ich sprang auf sie zu. Ohne Waffe, denn die Beretta war irgendwo in eine dunkle Stelle gerutscht, wo ich sie erst suchen mußte. Die Zeit allerdings hatte ich nicht.

Ich sah noch den leblosen Körper des Kollegen Salinas, dann konzentrierte ich mich auf Carlita, der ich durch meinen Sprung schon sehr nahe gekommen war.

Sie hatte sich wieder fangen und die Überraschung wegstecken können. Carlita hatte sich auf den Rücken gedreht und wuchtete sich jetzt in die Höhe.

Das verdammte Beil schien mit ihren Händen verwachsen zu sein. Sie kam trotz der Schwere dieser Waffe in die Höhe. Dank übermenschlicher Kraft.

In diesem Moment erwischte ich sie. Carlita war noch nicht dazu gekommen, das Beil nach vorn und damit in meine Richtung zu wuchten. Sie kämpfte noch mit sich selbst, und ihr Schrei wurde durch meinen Faustschlag auf ihren Mund unterdrückt.

Carlita fiel zurück. Auch das große Killerbeil landete auf dem Boden und bildete im Moment keine Gefahr mehr. Ich war auf dem Körper der Frau gelandet. Das kalte Metall der Netzkette berührte auch meine Haut, und es war eigentlich die Chance für mich, Carlita den Rest zu geben und sie zu überwältigen.

Nur hatte ich vergessen, in welch einem Zustand ich mich befand. Meine Bewegungen waren längst nicht rund. Hinzu kam der Streß der letzten Minuten, der mich im nachhinein noch lähmte, und ich hatte wirklich meine Schwierigkeiten, normal zu reagieren. Jede Bewegung kam mir langsam vor, eigentlich zu langsam, um etwas erreichen zu können, denn ich wollte diese verdammte Person haben.

Sie wehrte sich unter mir. Sehr schnell sogar. Es schien ihr kaum etwas passiert zu sein, und ich ahnte, daß sie nicht aufgab. Es war nicht mal so günstig, daß ich auf Carlita lag, die sich gebärdete wie eine Katze.

Ihre Hände waren schnell. Sie erschienen plötzlich dicht vor meinem Gesicht, und die Nägel waren wie kleine Messer, die blutige Furchen in meine Haut reißen sollten.

Ich zuckte hoch und damit zurück.

Darauf hatte Carlita gewartet. Durch die Veränderung meiner Haltung hatte sie mehr Bewegungsfreiheit bekommen, und sie rammte ihr linkes Knie, das frei lag, in die Höhe.

Sie traf mich dort, wo es verdammt weh tat. Genau zwischen den Beinen. Ich war auf diesen Treffer nicht vorbereitet gewesen und hockte noch immer halb auf ihr, als mir die Tränen wie heißes Wasser in die Augen schossen und mir den klaren Blick nahmen. Zugleich durchrasten Stiche meinen Unterkörper, die mich alles vergessen ließen.

Beide Hände preßte ich gegen die getroffene Stelle. Unter mir bewegte sich Carlita zappelnd, sie wollte endlich das Gewicht meines Körpers loswerden, was sie auch schaffte, denn ich war kaum in der Lage, ihr Widerstand entgegenzusetzen, da ich einfach zu stark mit mir selbst beschäftigt war.

Sie schaffte mich.

Ihr Strampeln zeigte Erfolg, als ich diesmal zurückkippte und nichts dagegen tun konnte. Mit immer noch auf den Unterleib gepreßten Händen sank ich zu Boden. Aus meinem Mund drang ein Geräusch, das viel Ähnlichkeit mit dem Schluchzen einer Frau hatte.

Ich rollte mich über die harte Erde. Versehen mit dem Wissen, daß ich mir nicht viel Zeit lassen konnte, aber die Schmerzen im Unterleib schienen mich zerreißen zu wollen.

Ich schnappte verzweifelt nach Luft. Die Augen tränten noch immer. Das tanzende Kerzenlicht sorgte nicht gerade für ideale Sichtverhältnisse. Es behinderte mich, indem es die Perspektiven verzerrte.

Aber ich sah meine Feindin.

Sie war wieder auf die Beine gekommen, auch wenn sie noch geduckt ›stand‹ und sich zunächst einmal drehte, um ihre Waffe zu suchen. Mit dem Schwert wollte sie mich nicht töten, sie verließ sich auf das Beil und hatte sicherlich auch mitbekommen, in welch einer schlechten Position ich mich befand.

Auch ich wünschte mir eine Waffe. Nur stand das Schicksal nicht eben auf meiner Seite, denn gefunden hatte ich die Beretta bisher nicht. Mit einer Hand suchte ich weiterhin den Boden ab, hoffte auf ein wenig Glück, aber Carlita Moreno war schneller.

Sie schrie triumphierend auf, als sie abermals den Griff des Beils umfaßte und die Mordwaffe in die Höhe riß. Dann drehte sie sich auf der Stelle. Im Licht der Kerzen wirkte sie selbst wie ein sich schnell bewegender Schatten. Sie starrte mich an.

Ich hockte inzwischen am Boden. Mein Rücken hatte Kontakt mit der anderen Stollenwand bekommen. Der Unterleib schmerzte, der Nacken ebenfalls. Ich mußte aussehen wie jemand, der durch die Tiefen der Hölle gezogen worden war.

Mein Gesicht zeigte eine tief eingefräste Verbissenheit. Der Schweiß hatte es ölig werden lassen, und ich wollte in die Höhe kommen. Das ließ Carlita nicht zu.

Sie ging mir entgegen.

Das Beil schwang sie abermals in die Höhe und hatte Glück, daß die Klinge nicht gegen die Decke prallte.

Noch einen Schritt.

Die Entfernung war günstig. Ihrem Gesicht sah ich an, daß sie kein Pardon kennen würde.

»Laß es!« keuchte ich in einem letzten Versuch der Überredungskunst. »Es ist falsch, es ist . . .«

»Der achte Kopf!« schrie sie in meine Worte hinein. »Der achte Kopf. Ich werde ihn dir abhacken!«

Dann schlug sie zu.

Nein, sie schlug nicht. Oder sie schlug doch. So genau kam ich damit nicht zurecht. Ich saß noch immer, der Rücken hielt den Kontakt mit der Wand, und ich wartete darauf, daß mich die schwere Klinge tötete.

Das passierte nicht.

Ein Drittel des Wegs hatte die schwere Klinge bereits hinter sich gelassen, als sie auf eine wundersame Art und Weise gestoppt wurde. Sie stand plötzlich in der Luft, als hätte es sich die Henkerin im letzten Augenblick anders überlegt. Die schwere Klinge sank nicht nach unten. Es war bestimmt unvorstellbar schwer, das Gleichgewicht zu halten, doch das tödliche Instrument bewegte sich um keinen Millimeter weiter.

Ich war so geschockt und auch positiv überrascht, daß ich meine eigenen Probleme vergaß. Nur auf die Frau konzentrierte ich mich jetzt, deren Haltung und Veränderung ich nicht verstand. Sie war voll darauf fixiert gewesen, mich zu vernichten, und plötzlich geschah nichts.

Wollte sie mich nicht mehr töten? Hatte sie es sich im letzten Augenblick anders überlegt? Wenn ja, warum senkte sie das Beil nicht und ließ es in der Luft schweben?

Ich hatte keine Ahnung, aber etwas mußte passiert sein, denn auch Carlita drehte ihren Kopf nach links. Sie hätte dort in die Finsternis des Stollens hineinschauen können. Ich folgte ihr mit meinem Blick, aber ich sah nichts mehr, nur eben die starre Finsternis zwischen den beiden Seiten.

Oder bewegte sich dort etwas?

Ich wischte mir den Schweiß von der Stirn und die Tränen von den Augen weg – erlebte eine Überraschung, wobei ich meinen eigenen Augen kaum traute.

Was ich sah, war unglaublich. Nicht weit von dieser Carlita Moreno entfernt, sogar sehr dicht bei ihr, zeichnete sich in der Dunkelheit ein hellerer Umriß ab. Mehr ein Schatten, der aber die Konturen eines Menschen hatte.

Ein Geist?

Es mußte so sein, denn ein Mensch schwebte nicht in der Luft. Und dieser Geist mußte auch in der Lage sein, eine andere Person dermaßen stark zu beeinflussen, daß sie ihr Vorhaben aufgab.

Wie dem auch war, ich hatte eine Galgenfrist bekommen, die ich ausnutzen wollte. Es hatte keinen Sinn für mich, auf dem Boden zu hocken. Trotz der Schmerzen im Unterleib, die sich glücklicherweise langsam abschwächten, schob ich mich an der Stollenwand in die Höhe. Im Stehen fühlte ich mich wohler. Da war ich auch in der Lage, irgendwelche Angriffe schneller abwehren zu können.

Auch dachte ich wieder an die Beretta und überlegte, ob ich Zeit hatte, sie zu suchen. Nein, es klappte noch nicht, denn Carlita Moreno lenkte mich ab. Nicht durch

Taten, diesmal waren es ihre Worte. Sie sprach in Richtung des finsteren Stollens, wobei sie bestimmt den geisterhaften Schatten meinte, der sich dort aufhielt.

»Warum bist du gekommen, Carlita?«

In diesem Moment stand ich endgültig. Und ich hatte jedes Wort verstanden.

Carlita!

Das war der Geist ihrer Ahnherrin. Carlita de los Arrancha war erschienen, um in die Auseinandersetzung einzugreifen. Ihre Motive kannte ich nicht, aber ich war ihr schon jetzt dankbar, denn sie hatte mich vor einem tödlichen Schicksal bewahrt.

Ich war nur ein wenig zurückgegangen und stand nun in der Nähe des am Boden liegenden Kollegen. Jetzt wäre die Zeit gewesen, nach der Beretta zu suchen und auch nach der Waffe des Verräters, aber etwas warnte mich davor.

Ich wollte die Begegnung durch meine Bewegungen einfach nicht stören und verhielt mich zunächst still.

Ob die Ahnfrau eine Antwort gegeben hatte, konnte ich nicht feststellen. Sie mußte aber einen Kontakt zu der Moreno bekommen haben, denn Carlita nickte.

Wahrscheinlich auf einer Ebene, von der ich ausgeschlossen war.

»Ja, das ist so . . .«

Wieder legte sie eine Pause ein.

Dann sah ich ihr Nicken. Es sah wie ein Abschluß aus. Sie drehte sich auch um, so daß sie mir ins Gesicht schauen konnte, und ich wußte, daß sie zu einer Erklärung ansetzen würde. Zwar war ich nicht völlig fit, aber ich würde jedes Wort hören, verstehen und einordnen können.

Der Geist der Ahnherrin erlaubte es Carlita, sich so zu drehen, daß sie mir von Angesicht zu Angesicht gegenüberstand. Ihr Blick bohrte sich in mein Gesicht, als wollte sie durch meine Augen in die Seele hineinschauen, um zu entdecken, was in mir vorging.

»Du lebst noch«, flüsterte sie, »aber das hast du nicht mir zu verdanken, denn ich hätte dich bereits zerstückelt. Es war Carlita de los Arrancha, die dich erst einmal rettete.«

»Ja, ich habe es schon begriffen. Du stehst in Kontakt mit ihr. Sie hält auch deinen Arm.«

»Das ist richtig.«

»Was will sie denn?«

»Dich sehen. Ja, sie will den Nachfahren eines gewissen Gilles St. Clair sehen. Sie wollte dich kennenlernen, denn das Schicksal hat den Kreis wieder einmal geschlossen. Für sie spielt die Zeit keine Rolle. Sie denkt nicht in verschiedenen Dimensionen, denn die Grenzen sind für sie aufgehoben. Und sie weiß auch, daß dein Kopf in der Nische stehen muß, damit es zu einer Vereinigung kommt. Sie ist damals mit St. Clair zusammengetroffen. Das Schicksal hat uns zusammengeführt, und diesmal bin ich es, der die Trümpfe hält. Damals war es ein anderer, aber das gleiche Spiel wird sich nicht mehr wiederholen.«

»Gut«, sagte ich flüsternd. »Gut, dann erzähle mir, was sie von mir will.«

»Nicht viel, sie bedauerte es nur, dich nicht schon früher erlebt zu haben.«

Ich verstand das nicht so recht. »Gut, wir haben bisher keinen Kontakt gehabt. Aber ich möchte dich fragen, und dann kannst du dich ja bei ihr erkundigen, was mein Ahnherr ihr denn so Schlimmes angetan hat, daß sie meinen Kopf jetzt bei den anderen sehen will. Wofür soll ich büßen? Ich weiß es nicht.«

»Gilles hat sie in die Falle gelockt.«

»Er hat sie gemalt.«

»Auch das.«

»Und er hat es nicht ohne Grund getan«, sagte ich, wobei ich mir etwas zurechtlegte. »Wahrscheinlich wußte er, was ihr bevorstand, und es war seine Art und Weise, sie zu retten. Kann man es nicht so sehen, Carlita? Durch das Bild hat er sie praktisch unsterblich gemacht und sie der Nachwelt überlassen. Vor dem Tod konnte er sie nicht bewahren, aber mein Ahnherr hat über den Tod hinweggeschaut, denn hätte er sie nicht gemalt, wäre sie auch nicht in der Lage gewesen, zurückzukehren. Ich kenne meinen Ahnherrn. So wie du Carlita begegnet bist, bin auch ich ihm schon begegnet. Wir haben uns beide getroffen, und ich habe von ihm einiges erfahren und weiß auch, daß er über ungewöhnliche Kräfte verfügt hat, von denen die wenigsten Menschen etwas ahnten. Auch er ist in der Welt herumgekommen. Er hatte ausgezeichnete Lehrer, die ihm viele Dinge beibrachten, die ihn lehrten, die Natur zu begreifen, die ihn aber auch ins Abseits stellten, weil er die öffentliche Meinung der Kirche und des Adels nicht teilte. Wenn du das alles bedenkst, hat er Carlita de los Arrancha einen großen Gefallen getan. So sehe ich es und nicht anders.«

Ob es stimmte oder an den Haaren herbeigezogen war, das wußte sie natürlich nicht, aber ich brauchte einfach einen Weg, um zu ihr zu kommen und sie zu verunsichern.

Ihre Antwort allerdings enttäuschte mich, denn Carlita sagte: »So hat es meine Ahnherrin nicht gesehen.«

»Dann irrte sie.«

»Auch nicht!« erklärte mir Carlita. »Sie kennt die Gesetze, die eingehalten werden müssen. Sie ist voll und ganz informiert. Sie hat Gilles St. Clair länger gekannt als du. Beide pflegten einen intensiven Kontakt, und St. Clair hat es auch nicht verstanden, daß sie ihre Feinde köpfte. So wurden sie selbst zu Feinden. Noch ist sie leider etwas schwach, aber mit jedem neuen Kopf gewann ihr Geist an Stärke. Und ich weiß, daß sich aus zwei Personen bald eine bilden werden, dann sind die damalige Carlita und die heutige endlich vereint.«

»Du willst ihre Seele auffangen?«

»Ja, nachdem ich so gut geworden bin wie sie. Es ist alles vorbereitet, Sinclair.«

»Und dann?«

»Was meinst du damit?«

»Wird das Morden weitergehen? Wirst du auch dann noch als Henkerin auftreten?«

»Ich weiß es noch nicht. Ich werde aber so unsterblich sein, wie sie es ist. Nur eben auf eine andere Art.«

»Nein«, sagte ich, »nein, das wirst du nicht, denn der Mensch ist nicht dafür geschaffen, unsterblich zu sein. Er muß und wird den Weg alles Irdischen gehen, denn andere Versprechungen beruhen auf einem Irrtum. Sie können bei Nichtmenschen möglicherweise Erfolg haben, aber du bist nun mal ein Mensch mit allen Schwächen und Stärken.«

Diese Worte, so ehrlich sie auch gemeint waren, hatten ihr nicht gepaßt. Ich sah, wie sie ihr Gesicht verzog, als wäre sie von einem plötzlichen Wutanfall überfallen worden. Carlita sah auch so aus, als könnte sie jeden Augenblick die Beherrschung verlieren, um sich auf mich zu stürzen, aber sie wurde noch immer von ihrer Ahnherrin zurückgehalten, deren Gestalt sich auch weiterhin nicht verdichtet hatte, sondern wie eine hastig gemalte Zeichnung in der Luft schwebte.

»Ich habe dafür gelebt, all die menschlichen Schwächen zu überwinden!« flüsterte sie mir keuchend entgegen. »Ich werde nicht so dicht vor dem Ziel einen

Rückzieher machen, Sinclair. Dein Kopf muß und wird fallen, das schwöre ich dir.« Carlita verlor das Interesse an mir. Sie drehte ihren Kopf in die andere Richtung, wahrscheinlich wollte sie einen noch besseren Kontakt zu ihrer Ahnherrin bekommen und deren weitere Befehle abwarten.

Ob sie es schaffte, wußte ich nicht, jedenfalls ließ sie mich in Ruhe. Ich dachte auch mehr an mich und weniger an sie. Die Beretta *mußte* doch zu finden sein.

Carlita drehte sich wieder.

Meine Bewegung stockte. Ich wollte ihr keinen Grund zum Eingreifen geben. Ihr Kopfschütteln erklärte sie mir wenig später, denn sie teilte mir die Botschaft ihrer Ahnherrin mit. »Carlita de los Arrancha will leben, Sinclair. Sie will in mir sein. Sie will als Geist und Seele allein führen, auch in einer anderen Zeit. Um so stark zu werden, brauchte sie deinen Kopf. Es ist das alte Gesetz. Auge um Auge, Zahn um Zahn. Nun ist die Zeit der Abrechnung gekommen. Jetzt wird sie indirekt für deine Vernichtung sorgen.«

Dabei hat er ihr noch geholfen. Diesen Satz sprach ich nicht aus, sondern dachte ihn nur. Es hatte keinen Sinn mehr zu versuchen, die Köpferin vom Gegenteil zu überzeugen.

Aber ich hatte wieder Kraft sammeln können. Und ich dachte sogar an Flucht. Hin zur Treppe eilen, die Stufen hochrennen; in der Wohnung sah alles anders aus. Da würde ich sicherlich Gegenstände finden, mit denen ich mich verteidigen konnte.

Carlita Moreno bewegte sich. Es war ein Zucken der Schultern, als wollte sie sich aus dem Griff lösen, und in der Tat bewegte sich das verdammte Beil.

Es sackte tiefer, ohne allerdings den Boden zu berühren, denn es wurde zuvor abgefangen und schwang dabei wie ein schweres Pendel von einer Seite zur anderen.

Carlita nutzte den Schwung aus, um die schwere Waffe wieder anzuheben, die sich auf einmal wieder zur tödlichen Gefahr für mich entwickelte.

Sie schwebte vor mir in die Höhe, war aber noch nicht nahe genug, um tödlich zu sein.

In diesem Augenblick passierte etwas, womit wohl keiner von uns gerechnet hatte.

Wir hörten ein Stöhnen. Weder Carlita noch ich hatten es ausgestoßen, dafür jemand, den wir beide schon vergessen hatten.

Antonio Salinas!

Auf einmal war alles anders. Carlita vergaß mich, ich vergaß sie, denn dieses schwere Geräusch hatte uns von unseren Problemen abgelenkt. Es blieb auch nicht bei dieser einzigen Reaktion, denn der Kommissar schaffte es, seine Beine anzuziehen. Er konnte sich nicht hinstellen, dazu fehlte ihm die Kraft, aber er war in der Lage, sich mit den Knien und den Händen abzustützen. So bewegte er sich auch auf die Mitte des Stollens zu.

Carlita schrie wie eine Katze, die wütend war, weil man ihr auf den Schwanz getreten hatte. Ihr Gesicht zeigte einen unglaublichen Ausdruck. Sie konnte nicht begreifen, daß dieser Mann noch lebte.

Ich warf mich ihr entgegen. Blitzschnell. Und ich freute mich darüber, daß ich es überhaupt schaffte. Dabei hielt ich die Arme angehoben und nach vorn gestreckt, denn meine Hände zielten auf ihre Arme.

Ich wollte das Beil.

Da fiel der Schuß.

Ich hatte unwahrscheinliches Glück, nicht von der

Kugel getroffen zu werden, aber auch Carlita wurde nicht erwischt, denn Salinas war einfach zu schwach gewesen, um genau zielen zu können. So hatte die Kugel uns beide verfehlt, war gegen die Gangwand geschlagen und als Querschläger verschwunden.

Ich änderte meine Richtung und tauchte dabei nach rechts weg, als wollte ich in den Boden eindringen. Ich rechnete mit einem zweiten Schuß, aber Salinas hatte Probleme, sich überhaupt halten zu können. Er kniete breitbeinig in der Mitte des Ganges. Seine Dienstwaffe hielt er mit beiden Händen fest. Sie schwankte wie sein Körper. Er suchte noch das Ziel, das er einmal geliebt hatte, von dem er allerdings so schwer enttäuscht worden war, daß jetzt der Haß wie eine mächtige Flamme in ihm loderte.

Das wußte auch Carlita Moreno. In diesem Moment war ich vergessen. Sie sah Salinas als ihren großen Feind an, und sie sprang auf ihn zu. Das Beil hatte sie in die Höhe gerissen. Es schwang hoch, streifte sogar die Decke.

Das Flackerlicht der Kerzen huschte über das Metall hinweg und zauberte noch einen gewaltigen Schatten, bevor die Klinge nach unten raste.

Sie traf den Kommissar.

Aber es fielen auch die Schüsse.

Diesmal waren es zwei. Der Mann hatte in einem Reflex abgedrückt, und es war die letzte Bewegung seines Lebens. Die Klinge wuchtete voll und mit mörderischer Kraft in seinen Kopf hinein.

Ich hatte mich gedreht. Der Kerzenschein ließ mich zu einem Zuschauer werden, und ich erlebte, wie mich das blanke Entsetzen dabei packte. Es war einfach furchtbar, mit ansehen zu müssen, wie Salinas starb, denn dieses breite und mächtige Beil tötete ihn mühelos. Auf eine Beschreibung dessen, was ich da sah, möchte ich verzichten. Hitze und Ohnmacht wechselten sich ab, als sie durch meinen Körper tosten. Blut war in die Höhe gespritzt, aber nicht nur das Blut des Mannes, auch das der Frau.

Sie war bestimmt von beiden Kugeln erwischt worden. Genau sah ich es nicht.

Die eine hatte ihren Kopf erwischt und das schöne Gesicht dicht unter dem Metallnetz auf der Stirn zu einem furchtbaren Anblick gemacht. Carlita Morena war gefallen und hatte den Kommissar unter sich begraben. Das Beil war ihr aus den Händen gerutscht, es lag ein Stück entfernt, nahe der Nische, als sollte es von den dort stehenden Köpfen schaurig angegrinst werden.

Vorbei – ja, es war vorbei!

Mir schossen die Gedanken durch den Kopf, aber ich konnte sie nicht festhalten. Plötzlich war alles so schnell gegangen, so daß ich mich überlistet fühlte.

Aber es stimmte.

Ich hatte überlebt. Denn die beiden anderen Personen rührten sich nicht mehr.

Es hörte sich schaurig und möglicherweise auch wahnsinnig an, aber meine Spannung löste sich einem schon irren Gelächter ...

Auch das verklang. Wie lange ich so gelacht hatte, konnte ich nicht nachvollziehen, aber ich nahm in Angriff, was ich mir schon länger vorgenommen hatte. Ich wollte endlich meine Beretta suchen, nicht im Flackerlicht der Kerzen, sondern im Licht meiner kleinen Lampe. Nach kurzer Zeit hatte ich Glück und fand meine Pistole.

Als ich sie einsteckte, da fiel die Spannung zum Großteil von mir ab. Es war nicht einfach, auf den Beinen zu bleiben. Jetzt brannte die getroffene Stelle zwischen den

Beinen wieder, auch die Wunde im Nacken strahlte Schmerzen aus. Mein Kopf schien noch immer nicht die normale Form zurückgewonnen zu haben.

Aber er stand noch auf den Schultern und nicht bei den sieben anderen. Das allein zählte.

Nachdem ich mich etwas besser fühlte und mir nicht mehr so speiübel war, bückte ich mich vorsichtig und untersuchte die beiden Menschen.

Ja, sie waren tot. Auch in meinem Kollegen Salinas steckte kein Funke Leben mehr. Er hatte von seinem Tod bestimmt nicht viel mitbekommen, wie auch die siebenfache Mörderin, die ihr Ziel letztendlich nicht erreicht hatte.

Beide hatten sich gegenseitig vom Leben in den Tod befördert, als die Liebe in Haß umgeschlagen war.

Ich trennte die beiden Körper voneinander, indem ich Carlita nach rechts und Salinas nach links legte.

Danach kümmerte ich mich um die Waffen der Frau. Ich wollte sie mit nach oben nehmen und den anderen Kollegen als Beweisstücke übergeben.

Eine lange Treppe mit vielen Stufen lag vor mir, das wußte ich. Daran allerdings dachte ich zu diesem Zeitpunkt nicht, denn ich versuchte herauszufinden, ob sich der Geist der Carlita de los Arrancha noch in der Nähe befand. Es war mir nicht vergönnt, von ihm auch nur die geringste Spur zu finden, und so gab ich es schließlich auf. Mit dem Tod ihrer Nachkommin mußte auch sie endgültig vernichtet worden sein.

Letztendlich mußte ich froh sein, daß es für mich noch so gut gelaufen war.

Die schlechte Luft machte mir immer mehr zu schaffen. In meinem Zustand war sie die reinste Qual. Es wurde wirklich Zeit, daß ich diese unterirdische Welt verließ.

Die Waffen nahm ich mit.

Das schwere Henkerbeil legte ich über die rechte, das Schwert über die linke Schulter. Die Kerzen ließ ich brennen, sie würden von allein verlöschen, und den Köpfen in dieser finsteren Gruft gönnte ich keinen Blick mehr.

Schwer beladen und mit noch immer weichen Knien stieg ich die zahlreichen Stufen hoch. Das war kein normales Hochsteigen einer Treppe, hier wurde jeder Schritt zur Qual. Mein lautes Stöhnen begleitete mich auf dem Weg nach oben.

Ich mußte zwischendurch Pausen einlegen. Dabei kam ich mir vor wie ein alter Mann, und das Gewicht der beiden Waffen nahm mit jeder Stufe zu. Meine Schultern schienen in den Körper hineingedrückt zu werden. Ich wollte nur nicht über eine der Kanten stolpern, denn dann war alles vorbei.

Praktisch mit letzter Kraft erreichte ich den Kleiderschrank. Schon jetzt war die Luft um hundert Prozent besser geworden, und sie besserte sich noch mehr, als ich den Schrank verließ und den geräumigen Wohnraum betrat, dessen großes Fenster durch die Rollos abgedunkelt war.

Das störte mich überhaupt nicht, denn die Lampen gaben genügend Licht, um das Zimmer zu erhellen. Mit müden Bewegungen schlurfte ich über den Steinboden, dann über Teppiche und steuerte einen der bequemen Sessel an, der mir als Ruhepunkt dienen sollte.

Bevor ich in den Polstern einsank, ließ ich noch die schweren Waffen fallen. Die Klinge des Schwertes war so blank, als wäre sie kurz zuvor geputzt worden, am Beil aber klebte Blut.

Dann fiel ich endlich in den Sessel.

Himmel, das tat gut. Die beiden Waffen lagen nicht mehr auf meinen Schultern, und jetzt, wo die Gewichte verschwunden waren, fühlte ich mich so wunderbar leicht, als könnte ich direkt vom Sessel aus in den Himmel fliegen.

Ich hatte die Beine ausgestreckt. Ich war erschöpft, down, ermattet. Die Zunge in meinem Mund kam mir vor wie ein Fremdkörper. Die Schmerzen im Körper hatten sich gleichmäßig verteilt. So einer wie ich gehörte ins Bett, um lange, sehr lange zu schlafen.

Das tat ich nicht.

Trotz der Erschöpfung ging es in meinem Kopf rund. Immer wieder durchlebte ich die schrecklichen Szenen dort unten und hatte auch den Eindruck, etwas vergessen zu haben. Andere Probleme hatten Vorrang. Mein Durst mußte gestillt werden.

Zwar standen Getränke offen im Zimmer, aber ich brachte es einfach nicht fertig, mich aus dem Sessel zu erheben und mir eine Flasche Wasser zu holen. Selbst der Gang zum Telefon bedeutete eine Qual, und so blieb ich erst mal sitzen.

Den Kopf hatte ich gegen die Nackenlehne gelehnt. Mit offenen Augen schaute ich zur Decke, auf der sich an verschiedenen Stellen schwach die Lichtkreise der Lampen abzeichneten.

Ich hatte überlebt. Das allein zählte. Kondition und Fitneß würden bald zurückkehren.

Auch der Atem hatte sich wieder normalisieren können. Ich keuchte nicht mehr, sondern atmete ruhig wie immer.

Die einzigen Geräusche in meiner unmittelbaren Umgebung.

Tatsächlich die einzigen?

Das konnte ich im nächsten Moment nicht mehr unterscheiden, als ich rechts von mir das leise Kratzen oder Schaben vom Boden her hörte.

Ich drehte meinen Kopf in die Richtung – und bekam mehr als große Augen. Es hing mit den Waffen zusammen, die nach wie vor auf dem Fußboden lagen.

Nur lagen sie nicht mehr ruhig.

Beide wurden wie von unsichtbaren Händen nach vorn geschoben ...

Die Ahnfrau! dachte ich sofort. Es konnte kein anderer als der Geist der Carlita de los Arrancha die Waffen bewegen. Die Moreno war tot, aber die andere existierte noch.

Ich war geschockt und zugleich fasziniert, denn das Beil und das Schwert rutschten parallel über den Boden, bis sie einen der Teppiche erreicht hatten und dann auf dem weichen Material liegenblieben.

Ich wußte, daß sie noch nicht ihren endgültigen Platz erreicht hatten. Wer immer sie bewegt hatte, der wollte etwas damit anstellen, und das wiederum konnte mir keinesfalls gefallen.

Minuten zuvor hätte ich diese Bewegungen als schwächerer Mensch erlebt. Nun aber war ich wieder halbwegs zu Kräften gekommen.

Ich starrte beide Waffen an, wie jemand, der sie hypnotisieren will.

Auch versuchte ich herauszufinden, wo sich die eigentliche Kraft verborgen hielt. Im Stollen hatte ich sie noch schwach erkennen können. Hier sah ich nichts, und das schob ich auf die Lichtverhältnisse.

Ich wollte das Licht nicht löschen, um für einen anderen Hintergrund zu sorgen, sondern zunächst einmal abwarten, was geschah. Denn die andere Kraft kümmerte sich auch nicht darum, wie hell oder dunkel es in ihrer Umgebung war.

Meiner Ansicht nach hielt sie sich nahe der beiden Waffen auf. Ich konzentrierte mich auf diese Stelle und wartete darauf, ein leichtes Flimmern oder Flirren zu sehen, aber die Luft über ihnen blieb ruhig.

Nur mein Herz schlug hart.

Jeden Schlag merkte ich wie einen Treffer und hatte auch den Eindruck, als wäre ein kühler Lufthauch an meinem Kopf vorbeigeweht. Möglicherweise eine Einbildung, denn mit einem schnellen Blick hatte ich nichts entdecken können.

Etwas klirrte.

Die Bewegung des Schwertes war zu hastig gewesen, denn mit seiner Spitze war es gegen das Beil geprallt. Dieses Geräusch war gleichzeitig so etwas wie das Startsignal für die neuen und anderen Bewegungen. Von nun an blieben beide Waffen nicht auf dem Boden liegen, sondern wurden von der unsichtbaren Kraft hochgehoben.

Sie schwebten vom Teppich weg!

Obwohl ich wirklich schon viel erlebt hatte, verwandelte ich mich in diesem Augenblick in einen staunenden Menschen, der mit großen Augen den Weg der altertümlichen Waffen verfolgte. Es mochte auch an dem liegen, was hinter mir lag, daß ich so passiv blieb. Zunächst jedenfalls schaute ich nur zu.

Beide Waffen schwebten höher. Und beide blieben in einer Höhe. Sie lagen auch dicht zusammen. Von meiner Position im Sessel aus schaute ich auf die Enden der Griffe.

Jetzt lagen sie in der Luft.

Keine Bewegung.

Warten, lauern ...

Ihre Frontseiten wiesen zum Fenster hin, als wollten sie im nächsten Augenblick auf die Scheibe zujagen und sie zerhämmern.

Irgendwo hoffte ich darauf, nur erfüllte sich diese

Hoffnung nicht. Zwar bewegten sich die Waffen, aber die drehten sich in der Luft, und zwar beide zusammen in eine Richtung und nach links, und dieser Vorgang gab mir Zeit, um nachdenken zu können.

Es wurde gefährlich. Schon die Bewegung der Waffen bewies mir, was sie vorhatten. Wenn die Spitze und die Klinge zugleich auf mich wiesen, dann war dieses Ziel vorhanden. Dann würde die andere Kraft sie auf ein Ziel zuleiten, und das war ich.

Plötzlich hatte mich der Horror wieder. So leicht sollte mir der Sieg nicht gemacht werden. Die andere Seite hielt noch immer ihre Trümpfe fest, auch wenn Carlita, die Köpferin, nicht mehr lebte. Aber der Geist ihrer Ahnfrau war nicht vernichtet worden.

Beide Waffen schafften eine halbe Drehung. Sie reichte aus, um die gefährlichen und tödlichen Schneiden auf mich weisen zu lassen. Blut tropfte nicht mehr vom Beil nach unten, aber es hatte das Beil beschmiert. Daneben schimmerte die Schwertspitze im Licht der Lampe. Es hatte ihr einen schon beinahe warmen Schein gegeben, von dem ich mich nicht täuschen ließ.

Beide wollten mich. Und ich saß wie angeklebt im Sessel. Es hatte keinen Sinn, aus dem Möbelstück in die Höhe zu springen und die Flucht zu versuchen, beide Waffen würden mich sehr bald in die Zange nehmen, und dann war ich geliefert.

Wie konnte ich mich wehren? Gegen wen mußte ich kämpfen? Zunächst gegen die beiden Mordinstrumente, aber auch gegen ein Wesen, das sie leitete und von mir nicht entdeckt werden konnte.

Oder zeichnete sich doch etwas zwischen den beiden Griffen am vorderen Ende ab?

Das konnte sein.

Ich hätte es bei der Dunkelheit besser sehen können, so

aber blieb es hell, und ich verharrte in dieser verkrampften und starren Haltung.

Wieder kehrten die Folgen der Attacken zurück. Kopfschmerzen quälten mich. Der Nacken zog sich zusammen, und der Unterleib schien zu glühen, aber das wollte ich nicht akzeptieren. Hier mußte ich mir selbst helfen und gegen einen unsichtbaren Feind kämpfen.

Aber womit?

Ich dachte verzweifelt darüber nach. Mit der Beretta hätte ich mich lächerlich gemacht, mit dem Kreuz allerdings nicht. Es war geschaffen worden, um ein Bollwerk gegen das Böse zu bilden. Für mich stand fest, daß Carlita de los Arrancha schon damals mit den Mächten der Finsternis zusammengekommen war und sie sich von ihnen hatte beeinflussen lassen. Sonst hätte man ihr auch nicht dieses ungewöhnliche Überleben garantiert.

Noch bewegten sich die beiden Waffen nicht. Aber ich blieb nicht mehr so ruhig sitzen wie zuvor. Zwar blieb der größte Teil meines Körpers starr, aber den rechten Arm winkelte ich schon an, und mit der flachen Hand fuhr ich über mein verschmutztes Jackett hinweg, um die Finger in die Tasche schieben zu können.

Sehr bald streichelte ich über das Silber des Kreuzes und fühlte mich schon besser.

Ich krümmte die Hand. Die Finger griffen zu, und ich hielt das Kreuz an seinem waagerechten Balken fest. Zum Glück schwebten die beiden Waffen noch immer an derselben Stelle, als schienen sie zu überlegen, wie und wo sie mich zuerst erwischen sollten.

Meine Ruhe war nur gespielt. Innerlich brummte bei mir der Motor. Ich hoffte auf jede Sekunde, die mir die andere Seite überließ, und es gelang mir auch, das Kreuz aus der Tasche zu ziehen, wobei ich es noch mit meiner Hand verdeckte.

Zitterte es stärker zwischen den Enden der beiden Waffen? Der Eindruck war nicht falsch, und mein Gefühl sagte mir, daß es im nächsten Augenblick passieren würde.

Und es passierte.

Ich rief die Formel. »Terra pestem teneto – salus hic maneto!«

Und somit prallten zwei Magien aufeinander!

Die beiden Waffen hatten sich auf dem Weg befunden, so schnell, als wären sie von kräftigen Händen geschleudert worden. Aber so schnell wie das Licht waren sie nicht.

Es brandete ihnen als heller Schein entgegen. Es jagte auf die Waffen zu, und es erwischte genau die Kraft, die es schaffte, beide Mordinstrumente zu leiten.

Was dann geschah, glich schon einem Wunder, aber in der magischen Welt war eben viel möglich. Daß die beiden Mordinstrumente gestoppt wurden, bekam ich nur am Rande mit. Andere Dinge waren wichtiger, denn das strahlende Licht aus meinem Kreuz hatte die Wand aufgebaut.

Es klirrte, als das Schwert und das Beil auf dem Boden landeten, aber es geschah noch etwas anderes. Die Kraft des geweihten Kreuzes hatte den Geist der Carlita de los Arrancha erwischt und ihn aus seinem immateriellen Zustand hervorgeholt.

Meine Augen weiteten sich. Vergessen waren die Schmerzen. Ich konnte nur staunen und hörte mich selbst vor Überraschung aufstöhnen, denn plötzlich sah ich sie wieder.

Da stand Carlita Moreno oder Carlita des los Arrancha. Diese Gestalt hatte ihren Zustand gewechselt, und sie sah so aus, wie ich es vom Gemälde und auch aus dem Keller her kannte. Nicht mehr feinstofflich. Das Kettenhemd, die Rüstung an den Schultern, die trotzdem vorhandene Nacktheit des Oberkörpers, das alles kannte ich bis ins kleinste Detail.

Ich staunte nur.

Ich war hin- und hergerissen, und ich dachte auch nicht mehr an eine Gefahr, die eventuell auf mich zukam. Die Macht des Kreuzes hielt Carlita fest wie in einem engen Gefängnis.

Dennoch kämpfte sie.

Ihr Kopf schlug vor und zurück. Die Arme waren ihr in die Höhe gerissen worden. Die Beine waren gespreizt, und ich sah, mit welcher Anstrengung sie versuchte, sich aus dieser Lage zu befreien, die für sie nur mit dem Tod enden konnte.

Es klappte nicht.

Mein Kreuz war stärker. Seine Kraft stemmte sich nicht nur gegen das Böse an, sie sorgte auch dafür, daß es nicht mehr existent blieb und allmählich vernichtet wurde.

Bewegen konnte sich Carlita nicht mehr. Aber das Licht war in ihren Körper gedrungen und sorgte dafür, daß es auch für mich sichtbar wurde, als dieser böse Geist ausgetrieben wurde.

Auch die zweite Zustandsform der Materie verging, denn der Körper begann zu verfaulen.

Es ging alles sehr schnell, begann bei den Füßen und erreichte bald Beine, Brust, Hals und Kopf.

Das Gesicht brannte von innen oder verkohlte von außen. So genau wußte ich es nicht. Jedenfalls fiel die Haut ab.

Da war nur mehr schwarze, stinkende Pelle, die sich knisternd löste und zu Boden fiel.

Die Knochen wurden weich, so daß es der Gestalt unmöglich war, sich noch auf den Beinen zu halten.

Sie sackte zusammen.

Mit einem nicht zu überhörenden, schweren Laut prallte sie zu Boden. Dort knackte und knisterte sie noch eine Weile, dann war auch das vorbei, und sie blieb liegen.

Tot. Waffenlos. Denn keine Hand und kein Arm war noch in der Lage, danach zu greifen.

Auch das Licht gab es nicht mehr. Ich senkte den Blick, schaute mein Kreuz an und lächelte.

Es hatte mir mal wieder bewiesen, daß das Böse auf der Welt doch nicht allmächtig ist, auch wenn es manchmal so schien und selbst die Vergangenheit hin und wieder als schreckliches Omen zurückkehrte.

Ich stand auf.

Es klappte gut. Mit dem Verfall der alten Carlita waren meine Kräfte wieder da, doch ich brauchte noch eine Aufmunterung, denn der Streß mit den spanischen Kollegen stand mir noch bevor.

Ob sie mir alles abnahmen, wußte ich nicht. Aber darum wollte ich mich auch nicht kümmern. Ich war wieder einmal froh, überlebt zu haben ...

ENDE

Band 73 194

Jason Dark

Geliebtes Monster

Originalausgabe

Maureen Wilder war eine außergewöhnliche und schöne Frau. Sie lebte zurückgezogen, war kaum bekannt und nur in der Nacht unterwegs.
Allerdings nie allein. Mit ihr im Wagen saß Maureens Geliebter – ein Monster, ein Wesen, gierig nach Nahrung, die aus rohem Fleisch bestand.
Bis es von einem Zeugen auf einem Schlachthof entdeckt wurde. Da war es mit der Anonymität vorbei, denn der Zeuge redete. Zudem noch in einer Talk-Show.
Das genau war der Beginn einer Jagd, die Suko, Bill und mir alles abverlangte …

BASTEI LÜBBE

Sie erhalten diesen Band im Buchhandel, bei Ihrem Zeitschriftenhändler sowie im Bahnhofsbuchhandel.

Band 76 101

Peter Horn

Das Geheimnis der mechanischen Kinder

Als Florian von seinem Freund Quassel aus der Geisterwelt eine Einladung erhält, am Jahresfest der Quasselwesen teilzunehmen, reist er zum zweitenmal in die Geisterwelt. Florian ist Ehrengast bei diesem Fest, aus dessen Anlaß Gäste aus allen Teilen der Geisterwelt angereist sind; schließlich hat Florian das Moor von den Geisterreitern und den Werwölfen befreit.
Ein anderer Ehrengast ist der berühmte Zauberer Xarthos, ein geheimnisumwitterter Mann, der offensichtlich zu den ›Guten‹ in der Geisterwelt gehört. Ein Wettkampf, zu dem Xarthos Florian auffordert, entpuppt sich aber bald als Kampf auf Leben und Tod. Eines ist klar, Xarthos ist nicht wirklich der freundliche Zauberer, als der er sich immer ausgegeben hat. Er ist ein Magier des Bösen, der Florians Tod will. Und Florian deckt im Verlauf des Kampfes Xarthos´ furchtbares Geheimnis auf . . .

BASTEI LÜBBE

Sie erhalten diesen Band im Buchhandel, bei Ihrem Zeitschriftenhändler sowie im Bahnhofsbuchhandel.